Yukis sexy Geschäftsidee

Jayne C. Marsters

Yukis sexy Geschäftsidee

Die perfekte Bedienung – Bände 1 - 4

Bibliografische Information der Deutschen Nationalbibliothek:
Die Deutsche Nationalbibliothek verzeichnet diese Publikation in
der Deutschen Nationalbibliografie; detaillierte bibliografische
Daten sind im Internet über http://dnb.dnb.de abrufbar.

Illustration: GermanCreative/fiverr.com

Herstellung und Verlag: BoD – Books on Demand,
Norderstedt

ISBN: 978-3-7528-2356-1

Inhaltsverzeichnis

Kostprobe für Yuki
Die perfekte Bedienung, Band 1

Kapitel 1

Sie wusste nicht, ob es sein Ernst war. Ihr Vater hielt ein Kleidungsstück hoch, wie sie es bisher nur aus einem kitschigen japanischen Maid Café kannte. Das Dienstmädchenkleid hatte eine halblange Schürze, war in Schwarz gehalten und mit weißen Rüschen überzogen. Etwas benommen betastete Yuki den Stoff. Die junge Halbjapanerin staunte darüber, dass er sich nicht billig anfühlte. Doch dieser Rock! Er war viel zu kurz! War das normal?

„Das trage ich nie im Leben!", protestierte sie.

Ihr Vater machte ein enttäuschtes Gesicht. Er hatte lange nach dem richtigen Modell gesucht. Auf seiner Stirn bildeten sich Falten.

„Ach komm schon Kleines, das wird den Gästen gefallen", meinte er mit flehendem Blick.

Ryu, der Koch, schielt hinter den Kochtöpfen hervor und grinste. Der alte perverse Drecksack! Ständig gafft er mich an, dachte Yuki. Sie feuerte mit einem wütenden Blick zurück und Ryu verschwand wieder in der Küche. Ihr Vater ignorierte es.

„Ich denke, wir sollten es einfach mal für ein paar Tage versuchen. Schauen wir uns einfach an, wie die Gäste darauf reagieren, ok, Yuki?"

Sie überlegte.

„Ich erhöhe auch deinen Lohn", sagte er.

Das waren die Zauberworte! Ein breites Grinsen schlich in ihr Gesicht und sie nickte.

Kapitel 2

Sie fühlte sich beim ersten mal wie nackt. Nervös zupfte sie am Rock, als würde er sich wie durch Magie verlängern lassen. Ob dadurch mehr Gäste kommen würden? Sie bezweifelte es...

Das Familienrestaurant wurde während der Woche viel von Arbeitern besucht. Vor allem in der Mittagszeit nutzten die ihre Pausen, um sich über das Buffet her zu machen. Obwohl ihre Mutter eine Japanerin war, hatten sich ihre Eltern entschlossen, ein chinesisches Restaurant zu eröffnen. Als Jahre später der Sushi-Boom folgte, konnten sie sich leicht anpassen, weshalb der Laden trotz Konkurrenz bereits seit ihrer Kindheit gut lief. Aber die Abend-Klientel für sich zu begeistern war die größte Herausforderung. Dank der Idee mit dem Buffet kamen sie vor allem Mittags gut über die Runden. Auch Heute waren sämtlich Tische mit Arbeitern besetzt.

Und genau die zogen ihr die wenigen Fetzen Stoff, die sie noch anhatte, mit den Augen aus. Gierig verfolgten die Augenpaare sie, als sie die Getränke und Teller zu den Tischen brachte. Sie wusste, dass ihr Po mit zwei kleinen Halbmonden herauslugte, wenn sie sich nach vorne lehnte. Und das Dekolleté presste ihre kleinen Brüste so sehr zusammen, dass sie für Yuki wie Fremdkörper wirkten. Sonst hatten sich die Blicke immer auf ihr gleichmäßiges, symmetrisches Gesicht mit ihren dunklen Augen konzentriert. Das und natürlich die dunklen, schulterlangen Haare hatte die zierliche Yuki von ihrer Mutter geerbt.

Das kleine Restaurant war heute wieder so richtig prall gefüllt - Vielleicht noch mehr als sonst? Sie kam richtig ins Schwitzen, so voll war es! Sie tummelte von einem Tisch zum nächsten, als plötzlich jemand ihren Po begrapschte und dabei nicht gerade zimperlich war. Erschrocken fuhr sie um, doch sie konnte ihn nicht ertappen. Aber hinter ihr war Stephans Tisch, mit seinen drei Freunden. Sie machten alle eine Unschuldsmiene.

„War ja klar...", murmelte sie entgeistert. Wütend und errötet ließ sie sich jedoch nicht beirren und bediente weiter sämtliche Tische. Aus den Augenwickeln konnte sie sehen, dass sich die Kerle prächtig amüsierten.

Am Ende der Schicht sammelte sie wie immer das Trinkgeld ein. Sie musste staunen: Es war höher ausgefallen als sonst. Die größte Überraschung war Stephans Tisch gewesen. Ganze 20€ hatten die dort gelassen.

Vielleicht war die Uniform doch keine schlechte Idee?

Kapitel 3

Das ging den Rest der Woche so weiter. Ihre Scheu legte sich Tag für Tag. Das lag auch daran, dass sie das Grapschen, das immer aufdringlicher wurde, schlicht ignorierte. Denn das Trinkgeld war um das dreifache in die Höhe geschossen. Yuki sah kein Problem, mehr Geld als üblich auf diese Art zu verdienen.

Was Yuki bis dahin noch nicht wusste: Es sollte sich nicht um die einzige Veränderung handeln, die auf das Restaurant und damit auf sie zukam. Als sie morgens zum Frühstück von ihrem Zimmer runter kam, überrascht ihr Vater sie erneut.

„Yuki, wir überlassen dir das Restaurant über das Wochenende!", sagte er, als wäre es das Selbstverständlichste der Welt. Yuki starrte zuerst entgeistert ihren Vater an, der gerade in sein Toastbrot biss. Dann sah sie ihre Tasse Kaffee an, so als würde sich darin jener Funken Weisheit verbergen, den sie jetzt so dringend brauchte. Daraufhin blickte sie ihre Mutter an, die selbstzufrieden grinste. Keine dieser drei Reaktionen war angebracht! Yuki hätte am liebsten geschrien, doch das würde nichts bringen. Sie räusperte sich.

„Bitte, was?", fragte sie.

„Dein Vater und ich sind uns einig, dass du später einmal das Restaurant übernehmen sollst. Du arbeitest so gut..."

„Vor allem diese Woche", pflichtete ihr Vater bei. „Wir haben mehr Getränkebestellungen beim Buffet! Und Abends lassen sich auch mehr Kunden blicken."

„... und wir glauben, dass du echtes Potenzial hast", schloss ihre Mutter. Sie gönnte sich eine kurze Pause, damit diese Information bei Yuki einsickern konnte. Innerlich glich die 24-Jährige einem Vulkan, während sie mit ausdrucksloser Miene einen Schluck Kaffee nahm.

„Du hast immerhin studiert und viel Erfahrung hier gesammelt. In einer Übergangszeit kannst du ruhig die Wochenenden übernehmen", sagte schließlich ihr Vater.

Yuki stellte die Tasse Kaffee mit einer solchen Wucht auf den Tisch, dass sie sich wunderte, dass sie nicht zerbarst. Etwas Kaffee schoss aus der Tasse heraus auf ihren Teller.

„Ihr wollt bloß übers Wochenende abhauen und eure Ruhe haben!", rief sie und zeigte mit ausgestrecktem Finger auf ihre Eltern.

Ihr Vater blickte kurz zu ihrer Mutter rüber.

„Schließt sich das gegenseitig aus?"

Kapitel 4

Die Wochenenden waren mittags über weitaus weniger stressig als während der Woche. Zwar wurde weiter das Buffet angeboten, aber es lockte nicht mehr so viele Arbeiter an. Dafür waren umso mehr Familien da, die die Tische schnell füllten. Zum Glück traute sich keiner der Familienväter, sie zu befummeln. Was sie nicht daran hinderte, sie ständig anzuglotzen. Yuki reagierte nicht darauf, dafür hatte sie auch viel zu viel zu tun.

„Das schaffst du schon, Kleines", meinte Ryu. Er schien es aufmunternd zu meinen, aber Yuki registrierte es kaum, als sie versuchte eine Übersicht über all die Bestellungen zu bekommen. Müde lehnte sie sich über die Kleine Theke, wo sie die Bestellungen an den Koch weiter gab. Normalerweise übernahm ihre Mutter die Kommunikation mit dem Koch, was sie entlastete. Jetzt musste sie es selbst richten.

Ryu hatte am wenigsten Probleme mit der Situation. Er war es gewohnt, in kurzer Zeit viel zu kochen und mittags schaffte er es sogar, das Buffet eigenhändig aufzufüllen. In der Küche wirkte er immer wie ein Besessener, der sich komplett in seine Arbeit vertiefte. Yuki musste sich also mittags bloß um die Getränke und Sonderwünsche kümmern. Und die waren bei den Familien immer wesentlich größer, als bei den Bauerbeitern, die sie sich wieder zurück wünschte.

Am Abend kamen vor allem Paare, was mehr Stress für Ryu bedeutete aber ganz angenehm für Yuki war. Hier blieben die Blicke der Männer wieder wesentlich länger an ihr haften, was ihr wirklich unangenehm war. Man konnte von Stephan halten, was man wollte, aber seine Obszönität hatte etwas authentisch direktes. Bei einem Date einer anderen Frau so auf den Hintern zu glotzen, das gehörte sich nicht! Yukis Laune befand sich im Sinkflug.

Es war bereits halb elf, als die letzten Gäste gingen und Yuki bereits schließen wollte. Als sie das Schild umdrehen wollte, entdeckte sie Stephan und ein paar seiner Kumpel, wie sie gerade die Straße herunter schlenderten. Sie sahen mächtig angetrunken aus, einer von ihnen hatte sogar Schwierigkeiten, auf dem Bürgersteig zu bleiben und stolperte immer wieder in die Straße. Zum Glück war es bereits so spät, dass es kaum Verkehr gab.

„Hey Süße, habt ihr noch offen?", rief ein anderer. Mit Süße meint der ja hoffentlich nicht mich!, dachte Yuki, drehte das Schild um und schloss die Tür. Sie wollte gerade hinter den Tresen eilen, um den Schlüssel zu holen, als die Tür hinter ihr sich nochmals öffnete. In der Tür stand einer von Stephans Kumpeln, ein großer Kerl mit dunklen Haaren, ende 30. Er war eindeutig betrunken.

„Na Kleine, ihr habt noch offen? Das freut mich so sehr", lallte er und winkte ihr, als wäre sie eine ferne Fata Morgana. Unsicher winkte sie zurück.

„Heinz, hör auf, das ist ihr peinlich." Das war Stephan, der hinter ihm nachrückte. „Hast du noch offen? Wir bräuchten echt einen kleinen Happen", meinte er. Hinter ihm rief jemand „Einen Großen!". Yuki dachte kurz nach: Sie konnte das Geld gut gebrauchen und es würde bestimmt gut bei ihren Eltern ankommen. Bis jetzt war es ein wirklich lukratives Wochenende gewesen.

„Gut, kommt rein, aber dreht das Schild um, ihr sollt die Letzten sein", meinte sie und seufzte.

„Das wirst du nicht bereuen, Süße! Das gibt extra Trinkgeld", antwortete Stephan und winkte den anderen zu, damit sie rein kamen.

„Ryu, wir haben noch eine Bestellung!", rief Yuki zur Küchenöffnung rein. Der zuckte nur mit den Schultern.

Kapitel 5

Am Ende waren sie zu viert gewesen. Neben Heinz war nur Erik wirklich betrunken, denn sowohl Stephan als auch Tom machten einen nüchternen Eindruck. Nicht, dass es wichtig für Yuki gewesen wäre. Hauptsache, sie bezahlten gut und randalierten nicht. Dafür schienen Tom und Stephan, die älteren und stämmigeren der Gruppe, zu sorgen. Erik und Heinz dagegen waren noch jünger und etwas aufgeregter. Da sie bereits die ganze Woche über mächtig viel Trinkgeld dort gelassen hatten, hoffte sie, dass es ein äußerst lukrativer Abend für sie sein würde. Dafür wäre sie auch bereit, etwas länger diese bescheuerte Uniform zu tragen.

Die Vorhänge hatte sie bereits zugezogen, als sie ihnen die Speisekarte brachte. So oft wie sie hier aßen, mussten sie diese bereits auswendig gelernt haben, dachte Yuki. Doch es gehörte sich nicht anders. Ihre Eltern hatten über die Jahre hinweg darauf geachtet, ihr die Basis einer jeden Bedienung zu vermitteln. Eine Grundregel war klar: der Kunde ist König, immer. Sie gab jedem eine Menükarte, doch als sie wieder gehen wollte um ihren späten Gästen die Möglichkeit zu geben, eine Entscheidung zu treffen, hielt Stephan sie an der Hand fest.

„Wo willst du denn hin? Es sind doch weit und breit keine anderen Gäste hier. Komm, leiste uns Gesellschaft!", sagte er lächelnd und zog sie zu sich. Sie stolperte und fiel rückwärts auf seinen Schoß.

„So ist es gut!" Yuki saß mit leicht gespreizten Beinen auf seinen Schoß, ihre Pobacken genau auf seinem Schritt.

„Was soll das?", flüsterte sie, in der Hoffnung, die anderen würden nicht mitbekommen. Doch sie alle stierten sie interessiert an.

Einen Moment lang wollte Yuki sich wehren, aber sie beschränkte sich darauf, die Schürze des Rocks über ihren Schlüpfer zu ziehen, um den anderen nicht einen all zu offenen Einblick zu gewähren. Warum ließ sie das mit sich machen? Wegen des Geldes, gestand sie sich. Sie musste ihre Eltern überzeugen, dass sie den Laden auch selber schmeißen konnte! Stephan schnappte seine Karte und hielt sie offen vor sie hin.

„Weißt du, was ich an dieser Speisekarte noch nie so ganz geschnallt habe?", fragte er. Sie antwortete nicht, sondern blickte beschämt und wütend die anderen Gäste an. „Der Kunde ist König!", hallte die Stimme ihres Vater in ihr nach. Stephan blätterte bis zur letzten Seite der Karte. Sie kannte sie, wie alle anderen, auswendig. Und dort, in der letzten Zeile stand...

„Bedienung im Preis mit inbegriffen. Wenn sie weniger als perfekt ist, verlangen sie den Eigentümer zu sprechen", las Stephan vor. Sie starrte auf diesen Satz. „Das liest man heute nur noch selten, nicht wahr, Jungs?"

Sie übten sich im Parallelnicken als wären sie eine Gruppe von Tauben, die gierig Brot vom Boden aufpickten.

„Nun, Yuki, wie interpretierst du diesen Satz?", fragte er und streichelte vorsichtig über den Stoff ihres weißen Höschens. Sie zuckte kurz zusammen, doch entspannte sich schnell. Die sanfte, fast liebevolle Art, wie er sie streichelte, beruhigte sie. Sie könnte nach Hilfe rufen, doch sie war schockiert und erregt zugleich. Noch nie hatte es jemand gewagt, sie so anzufassen. Selbst auf der Uni konnte sie die meisten Kerle von sich fernhalten. Ihre Abenteuer waren meistens von kurzer Dauer und von egoistischen Männern geprägt.

„Ich weiß ja nicht, vielleicht solltet ihr die Bedienung doch zahlungspflichtig machen. Zumindest gewisse Sonderwünsche", meinte er daraufhin.

„S-Sonderwünsche?" Sie kam ins Stocken, weil seine Finger über ihren Venushügel kreisten. Die Augen der anderen folgten der Bewegung gebannt.

„Hm, ja, da fallen mir gleich mehrere ein", antwortete er und seine Hand glitt unter den Slip, um gierig ihre Scham zu erkunden. Sie schrie überrascht auf, doch zwang sich sofort wieder still zu sein. Auf keinen Fall wollte sie, dass Ryu etwas mitbekam. Der hörte bestimmt in seiner Küche Musik, aber man konnte nie zu vorsichtig sein!

„Was fällt dir ein?", erwiderte sie schwach und drehte ihre Kopf zur Seite um ihn verschämt in die Augen zu sehen.

„Wieso, was ist? Gefällt dir doch?" Er zog seine Hand hervor und zwischen seinen Fingern hatte sich Nässe gesammelt – Nässe die von ihr stammte! Sie schnappte schockiert nach Luft. Gefiel ihr das etwa? Errötet blickte sie hoch und bemerkte, dass die anderen sie immer noch anstarrten. Der betrunkene Heinz griff sich an den Schritt. Er schien wohl zu glauben, dass es keinem auffiel, aber es war nur zu offensichtlich. Irgendwo in Yukis verwirrten Gedanken hatte sich eine sehr konkrete Ahnung herausgebildet, wo dies hinführen würde. Zu ihrer Überraschung stieß sie der Gedanke weniger ab, als sie erwartete. Ihre dringendste Frage lautete: Wie würde sich das auf das Restaurant auswirken? Würde es sich lohnen?

„Wie geht es jetzt weiter, meine Liebe? Bereit für den Ritt?"

Sie schluckte.

Kapitel 6

Ihr Entschluss stand schnell fest: Wenn sie effizient vorgehen würde, wäre sie in kürzester Zeit aus der Sache wieder raus. Ohne lange zu zögern öffnete sie den Reißverschluss von Stephan, indem sie zwischen ihre Beine griff, und nahm sein bereits steifes Glied heraus. Sie hatte sich noch nie Gedanken darüber gemacht, wie gut ausgestattet ihre Kunden waren. Aber überrascht war sie nicht, als sie merkte, dass der Bauarbeiter hervorragendes Arbeitswerkzeug besaß. Sie bearbeitete Stephan, der jedoch nur schnaufte. Da hatte sie sich mehr erwartet! Seine Finger glitten wieder geradewegs zu ihrer Scham. Sie zuckte auf und stöhnte laut als seine Finger in sie eindrangen, während sie ihren Oberkörper stärker nach hinten und damit gegen Stephan drückte. Dessen kräftiger Rumpf war einiges gewohnt, weshalb von ihm kein Wort des Protestes kam.

Den anderen war es nicht mehr genug nur zuzusehen. Tom stand auf und öffnete schnell seinen Reißverschluss. Er musste sie nicht lange darauf aufmerksam machen, was er von Yuki wollte. Die seufzte: Blowjobs hatten es ihr nie angetan, doch da gab es dann wohl keinen Weg dran vorbei. Die zierliche Asiatin nahm das stattliche Stück zögernd in den Mund. So groß!, dachte sie. Zu groß!

Doch ehe sie es sich anders überlegen konnte, packte der Typ ihren Kopf und schob sich tiefer in ihren Mund.

„Hey, Kleine, vergisst du nicht was?", flüsterte Stephan. Sie hatte aufgehört in zu verwöhnen! Schnell nahm sie die Bemühung wieder auf, doch Stephan griff nach ihrem Handgelenk und schob ihre Hand weg. Stattdessen streifte er ihren Schlüpfer zur Seite und brachte seine Eichel in Position. Während sein Kollege auf ein Neues in ihren Rachen stieß, drang Stephan ein, während er Yuki unter die Knie griff und sie anhob, um besser ein und ausgleiten zu können. Yuki wollte sich an etwas festhalten, als ein anderer Kerl, Heinz, sie von der Seite an der Schulter stützte. Er lächelte auf sie herab, während er sein Glied bearbeitete.

„Ich will auch mal, Stephan", sagte er mit tiefer Stimme.

„Na dann", antwortete dieser unter Yuki und stand mit ihr auf, während er sie weiterhin hochhielt. Die Bedienung war total überrascht von seiner Kraft, doch machte keine Anstalten, sich zu wehren. Wann war sie zuletzt getragen worden? Stephan erreichte währenddessen seinen Höhepunkt. Sie stöhnte auf, doch man gönnte ihr keine Verschnaufpause, denn Heinz wollte auch noch ran. Vorsichtig reichte Stephan seinem Kollegen die kleine Asiatin, die darüber lachen musste.

„Wie sieht's denn von hinten aus?", meinte Erik, der bisher leer ausgegangen war..

„Denk nicht einmal dran!", rief sie. Sie musste Erik ablenken und griff nach seinem Stängel und rieb ihn, dass er laut stöhnte. Stephan und sein ausgelaugter Kollege hatten sich wieder gesetzt und mit glasigen Augen zugesehen. Sie lächelte, denn sie hatte die Halbzeit problemlos erreicht. Heinz bewies eine bemerkenswerte Ausdauer. Doch nach einigen Minuten ging ihm allmählich die Puste aus. Zeit, dem Schauspiel ein Ende zu bereiten!, dachte sie und deutete ihm, sie runter zu lassen. Er nickte und ließ sie sanft auf den Boden sinken. Hier ging sie gleich in die Knie und versuchte sich an etwas, das sie vorher nur aus Porno kannte. Zu beiden Seiten hatte sie nun ein Glied, die sie jeweils abwechselnd wichste und Lutschte. Ihre Gier überraschte sie nicht nur selbst, sondern auch ihre Gespielen.

Kapitel 7

„Das war eine perfekte Bedienung! Kann man nur empfehlen!", posaunte Stephan, als sie das Restaurant wieder verließen.

Einer seiner Freunde meinte noch kleinlaut „Moment, wir haben gar nichts gegessen!", doch da waren sie bereits weg.

Gleich vier Hundert-Euroscheine hatten sich auf dem Tisch wiedergefunden. Jeder hatte seinen Teil für die außergewöhnliche Bedienung bezahlt. Sie kicherte: 400 Euro reiner Gewinn! Und das gerade einmal in zwanzig Minuten Arbeit! Sie wischte sich die Wichse vom Kinn. Das war ein guter Lohn für eine sehr spaßige Angelegenheit.

Sie straffte gerade noch ihr Kleid, als Ryu hinter ihr zur Tür hinein lugte.

„Keine Bestellung?", murmelte er müde.

Sie drehte nur ihren Kopf zu ihm und blickte ihn überrascht an.

„Nein, alles in Ordnung, sie hatten nur Lust auf einen Plausch", antwortete sie. Ihr Lächeln war müde. Er nickte als wüsste er, was sie meinte.

„Gut, ich mache dann die Küche sauber und bin dann weg", sagte er und verschwand wieder in die Küche.

Puh! Er hatte nichts bemerkt!, dachte Yuki sich. Das Geld steckte sie schnell ein und überlegte, ob diese Art des Zusatzverdienstes weiter ausgebaut werden könnte.

„Bestimmt", versicherte sie sich, als sie lächelnd das Sperma vom Boden mit dem Mob aufwischte.

Das scharfe Dessert
Die perfekte Bedienung, Band 2

Kapitel 1

„Und dann?"

„Dann haben wir halt eine Nummer zu viert geschoben", erklärte Yuki und rührte ruhig in ihrem Kaffee.

Erika musste staunen. So kannte sie Yuki nicht. Dabei waren sie seit Jahren beste Freundinnen. Erika musterte die Halb-Japanerin ruhig und wog ab, was sie antworten sollte.

„Und was hast du jetzt vor? Willst du so weiter machen?", fragte sie.

Yuki trank einen Schluck ihres Kaffees. Sie hatte ihn zu sehr gesüßt. Enttäuscht stellte sie Tasse wieder hin.

„Ich denke, dass ich weitermachen möchte. Ich habe 400 Euro an diesem Abend dazu verdient!", gestand sie. Sie sprachen leise, denn sie wollten nicht, dass andere Gäste in ihrem Lieblingskaffee etwas von ihrem Gespräch mitbekamen. Im Hintergrund spielte eine kaum hörbare, aber beruhigende Melodie.

„Was sagen deine Eltern dazu?", fragte Erika.

„Die haben keinen blassen Schimmer, wie ich das Geld verdient habe. Aber sie sind jetzt überzeugt, dass es eine gute Idee war, mir die Wochenenden zu überlassen. Und mir irgendwann komplett die Verantwortung zu übergeben", erwiderte Yuki.

„Irgendwann?" Erika zog die Augenbrauen hoch.

Yuki zuckte mit der linken Schulter und nahm einen weiteren Schluck. Würde mehr Milch helfen?

„Sie wissen noch nicht, wann es so weit sein wird", murmelte sie und ließ den Kopf hängen. Ihr Haare fielen vor ihr Gesicht und sie musste sie wieder hinter ihre Ohren streichen.

„Also machst du weiter, damit sie nicht ihre Meinung ändern?" Erika sah ihre Freundin verdutzt an.

„So ungefähr", gab sie kleinlaut zu. Sie atmete laut aus und ein, ehe sie nochmal ansetzte: „Was bleibt mir sonst übrig? Ich muss meine Eltern überzeugen, dass ich den Laden schmeißen kann!"

Erika seufzte und gab auf. Sie wusste, dass Yuki sich nicht mehr von etwas abbringen ließ, sobald sie es sich in den Kopf gesetzt hat.

Erika beugte sich etwas vor. „Und wie soll das weitergehen? Du kannst nicht ständig die gleichen vier Kerle bumsen, die verlieren schnell das Interesse an dir!", meinte sie und sah Yuki eindringlich an.

Yuki nickte. Darüber hatte sie sich bereits Gedanken gemacht. Sie musste mehr Kunden anziehen, nur wusste sie nicht, wie. Da schoss ihr eine Idee durch den Kopf! Sie hob den Finger und lächelte.

„Ich könnte eine besondere Menükarte schreiben!"

Erika zog die Augenbrauen zusammen.

„Weißt du, für Kerle, von denen ich denke, dass es sie interessieren könnte?" Yuki klatschte begeistert in die Hände, als hätte sie den Jackpot geknackt oder ein schwieriges Rätsel gelöst. Zum Glück ignorieren uns die anderen, dachte sich Erika. Sie fuhr sich durch das kurze blonde Haar und überlegte, ohne Yuki aus den Augen zu lassen.

„Könnte klappen", gab sie zu. „Wie soll das aussehen?"

Kapitel 2

Yuki saß alleine vor dem Laptop in ihrem Schlafzimmer. Ihre Eltern schliefen bereits und nur wenn Stille herrschte, konnte sie sich auf ihr Projekt konzentrieren. Die Abendschicht war anstrengend gewesen, doch frische Energie durchfloss sie, als sie sich ihrem neuesten Projekt widmete. Wie sollte sie das Menü gestalten? Wie konnte sie es anstellen, dass es nicht zu offensichtlich war? Sie musterte die aktuelle Menükarte, suchte nach Auffälligkeiten. Erst nach vielen Minuten fiel es ihr auf!

Es gab nur 68 Gerichte!

Viele Ideen rasten gleichzeitig durch ihren Kopf. Wie sollte sie es möglichst subtil anstellen? Es durfte nicht zu offensichtlich sein, falls Ryu oder ihre Eltern zufällig die alternative Menükarte zu Gesicht bekommen sollten. Sie grübelte eine Weile und tippte schließlich:

69. Scharfes Dessert

Als das Wochenende näher rückte, wurde Yuki täglich nervöser, denn sie wusste nicht, ob jemand auf das neue Menü reagieren würde. Oder ob es jemanden auffallen würde. Sie grübelte ständig über eine Lösung nach. Würde es nicht einfach reichen, sich auf Stephan und seine Kumpel vom letzten Mal zu konzentrieren? Sie schüttelte den Kopf. Nein, würde es nicht. Was sollten die schon großartig verdienen? Die hatten bestimmt einen großen Teil ihres Gehaltes am letzten Wochenende für sie hingeblättert. Sie hatten sich die ganze Woche über nicht blicken lassen. Sie seufzte. Ein wenig taten sie ihr Leid. Doch sie hatten ihren Spaß, dachte sie.

„Yuki, alles in Ordnung bei dir?"

Ihr Vater legte seine Hand auf ihre Schulter, wobei sie zusammenzuckte.

„Du stehst seit Minuten hier und starrst einfach vor dich hin." Er sah zuerst sie, dann die Gäste besorgt an.

Sie blickte auf ihre Füße und wusste nicht, was sie antworten sollte.

„Übernimm dich nicht, ja?", meinte er und wandte sich einem der Tische zu. Sie nickte noch und begann, die Kunden zu bedienen. Ihre Mutter beäugte sie mit kritischem Blick von der Theke aus.

Kapitel 3

An diesem Abend druckte sie das überarbeitete Menü aus. Sie hatte sich einige der alten Einbände aus dem Lager geholt. Ihr Vater war zu faul, sie zu entsorgen. Dabei wurden sie bereits vor Jahren ausgemustert! Das künstliche Leder war etwas abgenutzt, aber drei Exemplare davon waren in einem überraschend guten Zustand. Zu Yukis Freude waren sie auf den ersten Blick nicht vom aktuellen Modell zu unterscheiden. Perfekt! Sie grinste. Der Plan könnte aufgehen! Das Deckblatt des speziellen Menüs verzierte sie mit einem kleinen Symbol – einem Rosa Herz, umgeben von blauen Flammen.

„Hübsch, aber glaubst du, die Kunden bemerken das?", fragte Erika. Auf dem Bildschirm schnitt sie ein skeptisches Gesicht. Wenn sie sich tagsüber nicht trafen, benutzten sie abends einen Videochat, ehe Erika arbeitete.

„Ich hoffe es", antwortete Yuki. „Etwas anderes bleibt mir nicht übrig. Außer eindeutig zweideutige Angebote ins Internet zu setzen. Da fliege ich gleich auf." Mit dem Zeigefinger fuhr sie über das künstliche Leder.

Erika verdrehte die Augen. Sie trug bereits ihr aufreizendes Outfit für ihre Nachtschicht als Camgirl.

„Das wollen wir ja verhindern. Und du willst immer noch nicht hier mitmachen? Auch nicht mit Maske?"

Yuki schüttelte den Kopf. „Die Antwort bleibt Nein, egal wie oft du fragst, Erika!"

Erika seufzte. „Es ist auf jeden Fall einfacher, als das ganze Theater, das du veranstaltest. Und ich muss wenigstens nicht mit irgendwelchen Typen vögeln."

„Ja, aber du hast deine eigene Wohnung, wo du tun und lassen kannst, was du möchtest. Und denk dran: Ich veranstalte das Theater, damit mir später einmal das Restaurant gehört", erklärte Yuki mit erhobenem Finger und ernster Miene.

Erika lachte.

„Du bist schräg! Aber tu, was du nicht lassen kannst!"

Kapitel 4

Freitagabend: Die Show konnte losgehen! Wie immer zog sie ihre Uniform an, setzte das reizendste Lächeln auf und bediente routiniert die Kunden. Sie hielt vor allem nach Singles Ausschau. Familienväter, die einen Seitensprung wagen wollten, interessierten sie nicht. Gruppen von Kerlen schon eher - da springt mehr bei raus! Aber an diesem Abend schien sie kein Glück zu haben: Vor allem Pärchen und ein paar Familien waren gekommen, um das Wochenende gebührend einzuleiten.

***

Der Samstagabend versprach mehr: Sie entdeckte einen jungen Mann, der in einem Arbeitsanzug und mit Koffer alleine an einem Tisch für zwei saß. War er Büroangestellter? Alles deutete darauf hin, schloss Yuki. Er schien auf jemanden zu warten, doch nach einer halben Stunde saß er immer noch alleine dort und starrte sein halb leeres Glas Wasser an.

„Sind Sie sicher, dass Sie noch weiter mit der Bestellung warten wollen?", fragte Yuki lächelnd.

Der junge Mann sah sie zum ersten Mal an diesem Abend direkt an. Er war etwas klein, dünn und hatte eine dicke Brille. Yuki tippte darauf, dass er Informatiker war. Vor allem wegen der schlicht gehaltenen

Frisur, die seinen dünnen dunklen Haare keinen Gefallen machte.

Er nickte zögerlich.

„Ich war mir sicher, dass sie kommen würde... I-ich...", stammelte er.

Yuki wollte ihn nicht weiter in Verlegenheit bringen, denn er tat ihr Leid. Da hatte sie eine Idee!

„Warten sie, ich bringe Ihnen einfach das Menü und dann können Sie sich was aussuchen, ja? Es wäre eine Schande, das Restaurant mit leerem Magen wieder zu verlassen", meinte sie und reichte ihm ihre besondere Menükarte. Er nahm sie lächelnd an und studierte sie ausführlich, während Yuki kurz einen anderen Tisch bediente.

Wenig später rief er sie zu sich. Er bestellte gemischte Nudeln und blätterte dann weiter bis zur letzten Seite. Yukis Herz schlug hoch. Er wird doch nicht!?

Er tippte auf die Nummer 69!

„50€ bis 100€? Ein merkwürdig hoher Preis für ein Dessert!", stellte er fest. Ihre Miene blieb unverändert freundlich. Doch innerlich brodelte sie vor Aufregung.

„Die Zutaten werden jeden Tag frisch gekauft und sind auch noch Bio!", betonte sie. Die Geschichte hatte sie sich vor Tagen zurechtgelegt. Er ließ keinen Zweifel erkennen.

„Und dann auch noch scharf? Sehr merkwürdig, so ein Dessert hatte ich noch nie!", sagte er daraufhin.

Das kannst du mir glauben, dachte sie, doch schwieg.
Er überlegte einen Moment.

„Gut, das probier ich aus! Vielleicht lässt es mich das geplatzte Date ja vergessen…", murmelte er.

Und Yukis Herz machte einen Freudentanz!

Kapitel 5

Reinhardt wartete geduldig. Als er erneut auf seine Uhr schaute, waren bereits zwanzig Minuten vergangen, seit er mit der Hauptspeise fertig war. Die Tische um ihn herum leerten sich allmählich. Er blickte auf den Bildschirm seines Smartphones und seufzte. Keine Nachricht von ihr! Dabei hatte er sich so viel Mühe gemacht und sich auch so sehr gefreut, als sie ihm zugesagt hatte. Sie war weit außerhalb seiner Reichweite! Doch das hatte ihn nie davon abgehalten, es nicht dennoch zu versuchen. Zusagen bekam er nur selten, aber wenn er eine erhielt, kreuzten die Frauen auch meistens zum Date auf.

Meistens.

Die letzten beiden Gäste, ein junges Paar, verabschiedete sich von der sehr attraktiven Kellnerin. Sie lächelte ihm offenherzig zu.

„Keine Sorge, gleich wird serviert", sagte sie zu ihm und verschwand durch eine Tür im hinteren Bereich des Restaurants.

***

Yuki ging in die Küche, wo Ryu beim Saubermachen war.

„Gute Arbeit, Ryu. Du darfst heute früher Schluss machen", erklärte sie ihm.

Er sah sie mit großen Augen an. „Wie?"

„Mach schon, ich kümmere mich um den Rest. Wir hatten einen guten Abend." Sie lächelte ihn zuversichtlich an.

Etwas verwirrt nickte Ryu und legte seine Schürze ab. „Das heißt, du machst sauber?" Er zeigte auf die zahlreichen Kochtöpfe, Woks und Teller, die allesamt schmutzig waren und dringend bis morgen wieder in einem Top-Zustand sein mussten.

„Ja, ganz genau, mach schon!", hetzte sie ihn. „Und benutz gefälligst den Hinterausgang!"

Er zog schnell seine Schürze aus, schnappte sich seinen Mantel und machte sich, ohne ein weiteres Wort zu sagen, davon.

***

Jedes Mal, wenn er alleine in einem Restaurant war, fiel Reinhardt die Musik auf, die im Hintergrund gespielt wurde. Woher nahmen bloß all diese China-Restaurants ihre Soundtracks? Gab es dafür einen besonderen Versandhandel? Oder einfach irgendeine Online-Playlist, bei der jedes Restaurant sich etwas aussuchte, was zu seinem Stil passte. Wo er darüber nachdachte, fiel ihm auch sonst auf, wie typisch dieses Restaurant eingerichtet war. Großes Bild mit irgendeiner Szene aus der chinesischen Mythologie. Überall diese merkwürdigen Löwen. Und dann noch diese unverständlichen und sinnlosen Zeichen. Naja, gestand er sich ein, nur weil ich sie nicht lesen kann, heißt das ja noch lange nicht, dass sie nichts bedeuten.

Seine Gedankengänge wurden unterbrochen, als die Asiatin wieder in den Raum eilte. Zu seiner Überraschung hatte sie ihr Tablett gar nicht dabei. Musste er etwa noch länger auf sein Dessert warten? Verzweifelt blickte er auf die Uhr: Er wartete bereits eine halbe Stunde!

***

Lächelnd kam Yuki auf ihren letzten verbliebenen Gast zu… und eilte geradewegs an ihm vorbei. Entrüstete beobachtete Reinhardt sie, als sie den Schlüssel zückte um die Vordertür abzuschließen und gleichzeitig die elektrischen Rollläden runterließ.

„Was machst du? Wo bleibt mein Dessert?", rief Reinhardt. Trotz seiner Aufregung war er sitzen geblieben. Die Bedienung lächelte ihn an, kam auf ihn zu und hob ihren kurzen Rock samt Schürze hoch. Sie war nackt darunter!

„Es ist angerichtet!"

Reinhardt kannte seine sexuellen Fantasien gut. Die wenigsten davon hatte er ausleben können und keine einzige hatte er jemals jemand anderen anvertraut. Auch wenn Asiatinnen durchaus ihren Reiz für ihn hatten, war er bei weitem nicht auf sie fixiert. Das waren alles Gedanken, die mit der Geschwindigkeit eines Formel 1 Weltmeisters durch sein Hirn rasten. Vollkommen verdutzt glotzte er die Halb-Japanerin an, die ihn immer noch anlächelte und ihm ihre Vagina präsentierte, als wäre es das Normalste der Welt.

„Was… w-wieso?", stotterte er.

„Das Dessert", meinte sie nur. Hoffentlich nimmt er es an, dachte sie. Denn sicher sein konnte sie sich nicht, wie er darauf reagieren würde. Etwas nervös musste sie sich eingestehen, dass es ein äußerst riskantes Manöver war, sich so zu entblößen. Aber das ganze war eben noch Neuland für Yuki. Probieren geht über studieren!

Der Gast schluckte und sein Blick sank auf ihre Scham. Das Schamhaar war auf einen bloßen Streifen zurechtfrisiert. Wie der längere Teil eines Ausrufezeichens lud das kurz gehaltene, schwarze Haar dazu ein, den Blick weiter sinken zu lassen. Es kostete ihn viel Mut, ihren Schambereich auch nur mit dem Blick zu streifen.

„Das ist nicht dein Ernst", brachte er hervor. 'Wieso atme ich bloß so schwer?', dachte er. Da fühlte er, wie die Bedienung nach seiner Hand griff.

„Hier, ich zeige Ihnen, wie man ordentlich zugreift", versprach sie und führte seine Hand geradewegs zu ihren Schamlippen. Seine Finger berührten sie zunächst nur flüchtig, doch als die Halb-Japanerin ihn losließ, hatten seine Finger ein Eigenleben entwickelt. Sie streichelten und liebkosten diese geheimen Stellen dieser Frau, als hätten sie nie etwas anderes in ihrem Leben gekannt. In seinem Kopf herrschte absolute Leere - er war komplett von dem Schauspiel eingenommen!

Yuki wurde schnell feucht. Auch wenn seine Bemühungen verrieten, dass er nicht viel Erfahrung gesammelt hatte, genoss sie diesen Moment zutiefst. Wie oft streichelte schon ein wildfremder Mann sie dort? Geschweige denn ein Gast! An ihrem Arbeitsplatz so etwas im geheimen zu erleben, trieb sie stärker an. Beim ersten Mal war es noch die Überraschung gewesen, die ihr Motivation und Lust anfeuerte. Doch nun… nun war es die Tatsache, dass ihr Plan gelang.

Sie beugte sich über ihren Gast, um ihn zu küssen. Dabei war sie alles andere als schüchtern und ließ die Zunge herausschnellen. Doch auch seine Hand blieb weiter beschäftigt und rieb sie weiter.

Zu seiner Überraschung zog sich Yuki plötzlich zurück. Er fühlte die süße Frucht nicht mehr, da sie sich nun vor seinen Stuhl hinkniete. Doch er wehrte sich auch nicht, als sie seinen Reißverschluss öffnete, während sie ihn verführerisch in die Augen blickte. Sie lächelte, als hätte sie etwas Besonderes entdeckt. Ohne sein Wissen war er hart geworden. Nie hatte er sich Gedanken darüber gemacht, ob er gut genug bestückt war. Selbst als Teenager hat er den Vergleich mit seinen Altersgenossen nie gewagt. Sie schob sich sein bestes Stück ohne Vorwarnung in den Mund und er wusste: So wichtig konnte es nicht sein!

Yuki legte keinerlei Hemmungen an den Tag, als sie sich den Penis tiefer und tiefer in sich schob, bis dieser eine Grenze erreichte. Der leichte salzige Geschmack erfüllte ihren Mund. Auf der Uni hatte sie es gehasst. Doch nun wusste sie: So schmeckte der Erfolg! Mit voller Energie lutschte sie weiter. Dabei schaute sie in die Augen des Kunden, der sie fassungslos betrachtete. Er wagte es nicht, etwas zu sagen oder zu tun, was ihr nur recht sein sollte. Das gab ihr mehr Kontrolle über die Situation. Erst nach einigen Minuten entschied sie, ihn zum Höhepunkt zu begleiten. Erleichtert, erschöpft aber glücklich blickte er sie daraufhin an. So sah ein zufriedener Kunde aus!

Kapitel 6

Reinhardt lag später in seinem Apartment auf dem Bett. Sein Kopf war merkwürdig leer, als wäre sein Verstand unfähig, zu begreifen, was geschehen war. Er war in einem Restaurant gewesen. So weit klappte das mit dem Denken noch ganz gut. Dann hatte er etwas bestellt, was speziell gekennzeichnet war. Menü 69: Ein scharfes Dessert. Zurückblickend betrachtet war das äußerst offensichtlich gewesen. Wie in einem schlechten Porno.

Er musste lachen.

Alles war wie in einem schlechten Sexstreifen!

Gerade einmal 50€ musste er für die Nummer bezahlen. Und das hat er gerne getan. So einen Blowjob hatte er noch nie! Er überlegt - wann hatte ihm zuletzt eine Frau einen geblasen? Als er darauf keine Antwort fand, drehte er sich wieder zur Seite. Wie sollte es jetzt weitergehen? Auf keinen Fall dürfte es bei diesem einem Mal bleiben, entschloss er.

***

Yuki konnte sich endlich ins Bett legen. Es war ein sehr langer Tag gewesen - nicht nur wegen der letzten Bestellung, sondern auch, weil sie die Küche noch aufräumen musste. Doch sie war zufrieden mit sich. Es hatte geklappt! Sie griff nach dem Smartphone und schickte Erika gleiche eine Mitteilung: „Es hat geklappt!!!" Kaum war die Nachricht weg, fiel ihr ein, dass Erika gerade arbeitete und sie dabei das Handy nicht anhaben durfte. Also fuhr sie ihren Laptop hoch, steuerte geradewegs die Cam-Seite an und loggte sich ein. Innerhalb einiger Clicks sah sie im Livestream, wie ihre beste Freundin gerade mithilfe eines kleinen rosa Vibrators, der auf Kommando des Chats vibrierte, onanierte. Sie stöhnte obszön! Doch die anderen Zuschauer im Chat liebten es, feuerten sie an und warfen mit den virtuellen Münzen immer wieder um sich. Mit jedem Geldsegen wurde der Vibrator aktiviert. Yuki war für einen Moment so sehr vom Geschehen gebannt, dass sie fast vergessen hatte, weshalb sie hierher gekommen war.

„Hey HotZoey", tippte Yuki. HotZoey war ihr Camgirl-Name. Erika wusste, unter wessen Nutzername Yuki sie manchmal besuchte um sie zu unterstützen.

„Hey, na wie war's?", fragte Erika zwischen dem Stöhnen so unauffällig wie möglich. Niemand im Chat schien es bemerkt zu haben.

„Es hat geklappt!", schrieb Yuki. Und Erika zeigte mit dem Daumen nach oben.

Kapitel 7

Leider sollte sich der Erfolg des vorigen Abends am folgenden Tag nicht wiederholen. Unter den Kunden war kein eindeutiger Fall zu entdecken, dem sie eine spezielle Menükarte hätte anbieten können. Frustriert blickte sie in die Runde der voll besetzten Tische, was einige Kunden einschüchterte. Das eine oder andere Kind zeigte mit angsterfülltem Gesicht in ihre Richtung, als wollten sie ihre Eltern fragen, weshalb diese Tante da so wütend war.

Weil sie keine neuen, schlüpfrigen Kunden fand, deshalb!, antwortete Yuki in Gedanken. Sie zwang sich, zu lächeln und bediente jeden, so gut es ging. Doch es frustrierte sie weiter, dass die besondere Art der Bedienung hier nicht erwünscht war. Vielleicht setzte sie ihre Erwartungen zu hoch? Erika hatte ein vergleichbares Problem am Anfang ihrer Karriere. „Egal wie gut du bist, du musst dir ein paar Stammkunden angeln. Sonst geht gar nichts!", hatte sie ihr erzählt.

Aber wie sollte das mit den Stammkunden nur gehen? Der von gestern war, nachdem er gezahlt hatte, einfach abgehauen!

Als die letzten Gäste gingen und sie diese noch bis zur Tür begleitete, um sie zu verabschieden, blickte sie kurz nach draußen. Und sah ihn, wie er dort stand und sie ansah. Überrascht hob sie die Hand. Er nickte und kam näher zum Eingang, blieb dann im herausfallenden Licht des Restaurants vor ihr stehen.

„Hast du noch etwas von dem scharfen Dessert für mich übrig?", fragte er nach einem Moment der Stille.

Sie lachte und zog ihn an der Hand hinein.

***

Er stolperte ihr ins Restaurant hinterher. Schnell verschloss sie die Tür hinter sich und ließ routiniert die Rollläden herunter.

„Einen Moment!", sagte sie, ehe sie wieder schnell in die Küche lief, um Ryu Bescheid zu geben, dass er abhauen dürfte. Der stellte noch weniger Fragen als am Tag vorher. Als er endlich weg war, lief sie wieder ins Restaurant.

„Danke fürs Warten!", meinte sie, ein wenig außer Atem.

„Ich wusste nicht, wie du reagieren würdest, wenn ich nochmal auftauchen würde."

„Wieso? Spinnst du? Ich freue mich!", antwortete sie.

„Wirklich? Ich dachte, ich wäre nur ein Kunde für dich…"

„Ja, aber der Kunde ist hier König", erklärte sie und knöpfte seelenruhig ihre Uniform auf und ließ die Träger ihres BHs über ihre Schultern rutschen, womit kurz darauf die Brüste freilagen.

„Mit denen hier hatte übrigens noch niemand das Vergnügen! Hast du Lust?", fragte sie ihn und drückte ihre handlichen Brüste zusammen. Sie hypnotisierten ihn und ehe er sich versah, umspielte seine Zunge bereits einen der Nippel. Köstlich, so hatte sich ihm eine Frau noch nie angeboten! Einen geblasen zu bekommen war das eine. Aber sich selbst mit einer Frau zu amüsieren, das war etwas ganz anderes. Die Liebkosungen kitzelten Yuki, so dass sie genüsslich lachen musste. Mit seinen Händen packte er die Brüste sanft, aber bestimmt.

Die kleine Japanerin setzte sich auf einen der bereits abgeräumten Tische und legte sich auf den Rücken. Aus irgendeinem Grund - Reinhardt vermutete, dass es ein Instinkt sein musste - fuhren seine Hände unter ihren Rock und zogen ihr das Höschen aus. Er ging in die Knie und aus dieser Perspektive hatte er freien Blick auf ihr Versteck, das er gestern noch mit den Fingern erkundet hatte.

Heute sollte es seine Zunge sein, die gierig an ihr spielte. Er saugte während er ihr die Schenkel streichelte. Sein Glied war so steif, dass es fast schmerzte, aber er konnte nicht aufhören, von ihr zu kosten. Er wusste, dass er etwas richtig machte, denn Yuki stöhnte hell und laut auf. Sie begann ihre Brüste zu massieren, als Reinhardt aufstand und endlich sein Glied befreite. Er nahm es in die Hand: Wann war er zuletzt so hart geworden? Er streichelte sie, ehe er in sie eindrang und seiner animalischen Lust freien Lauf ließ. Die Bedienung schrie auf vor Lust und Überraschung. Er packte ihre beiden Brüste, die bis dahin bei jedem Stoß wippten. Yuki verlor fast den Verstand vor Geilheit, als er nicht mehr an sich halten konnte und lautstark den Gipfel erreichte.

***

Erschöpft lagen sie zusammen auf dem Tisch. Yuki wunderte sich, dass er so stabil war, doch sie war zu erschöpft, als dass sie irgendetwas sagte. Nach einer ausgedehnten Verschnaufpause richtete sich Reinhardt wieder auf.

„Also, wenn es dich nicht stört, würde ich das hier gerne wiederholen", meinte er etwas kleinlaut.

Yuki sah ihn zuerst etwas verwundert an, doch dann lächelte sie.

„Du darfst gerne mein erster Stammkunde sein", sagte sie.

Und er lächelte sie an, als hätte sie ihm einen Heiratsantrag gemacht.

Kapitel 8

„Ich muss zugeben, so viel Erfolg und Leistung hätte ich jetzt nicht von dir erwartet", meinte ihr Vater am Montag, als er die Einnahmen des Wochenendes nachzählte. Nicht nur waren die „normalen" Kunden wie in Scharen aufgetaucht, sondern auch die Zusatzverdienste waren gut ausgefallen, wusste Yuki.

„Ach komm, du weißt doch, dass unsere Tochter sehr selbstständig ist", meinte ihre Mutter und musterte sie mit einem kritischen Blick. Als ihr Vater zu ihr rübersah, legte sie ein neutrales Lächeln auf. Yuki lief es eiskalt über den Rücken. Sie ahnte etwas! Doch Yuki ließ sich nicht anmerken und tat so, als würde sie sich über das Lob freuen. Als ihr Vater kurz in die Küche zu Ryu ging, um die Lagerbestände zu besprechen, war sie mit ihrer Mutter alleine.

„Yuki?", fragte sie. Die junge Frau drehte sich zu ihrer Mutter. „Keine Sorge, dein Geheimnis ist auch mein Geheimnis", erklärte sie ihr. Yuki wusste nicht, was sie erwidern sollte. „Wenn ich so jung und hübsch wäre, wie du, würde ich es nicht anders machen. Und so lange es nicht deine einzige Methode ist, um das Geschäft am Leben zu halten, sehe ich kein Problem damit." Sie machte ein verständiges Gesicht. „Aber es sollte nicht mehr als ein Bonus sein. Konzentriere dich stets auf dein Kerngeschäft!", betonte sie.

Yuki nickte. Sie verstand, was ihre Mutter ihr sagen wollte. „Männer verlieren früher oder später das Interesse an dir, egal wie gut es am Anfang läuft", sagte sie.

Yuki sollte noch herausfinden, was dies bedeutete.

Nachschlag für vier
Die perfekte Bedienung, Band 3

Kapitel 1

Erika hatte es wieder geschafft: Sie hatte erfolgreich Yuki dazu überredet, mit ihr Einkaufen zu gehen. Was zunächst klang, als wäre es eine Kleinigkeit, war in Wirklichkeit eine Herausforderung. Aus zwei Gründen: Yuki ging zum einem nicht gerne einkaufen. Zum anderen tat sie dies schon gar nicht gerne mit Erika. Während Kleidergeschäfte, Bücherläden und ähnliches kein Problem für die junge Halb-Japanerin darstellten, waren es stets die Geschäfte, die sie gegen Ende ihrer Einkaufstouren besuchten, die ihr schwer fielen.

Dabei sind es vor allem diese letzten Geschäfte, die man bei Erika zu erwarten hatte. Als Camgirl brauchte sie eine große Auswahl an Reizwäsche, Kostümen und Toys. Alles Dinge, die ein guter Sex-Shop auf Lager hatte.

Zu Yukis Überraschung brauchte sie mittlerweile weniger Überredungskunst als früher.

„Du hast dich mit deinem Schicksal abgefunden", meinte Erika und schleppte sie in den Laden.

In den vergangenen Jahren hatte Das Geschäft sein Aussehen stark verändert. Am Anfang ihrer Studienzeit lockte der versiffte Laden vor allem zwielichtige Gestalten an. Nun war alles heller, freundlicher und einladender. Damit veränderte sich auch die Kundschaft. Vor allem begegnete man jetzt mehr Frauen.

Hinter dieser Verwandlung steckte die heutige Besitzerin: Eine junge Punkerin hatte vor einigen Jahren den kleinen Laden an sich gerissen und komplett umgestaltet. Jedes Mal, wann Yuki hier war, glänzte ihr Haar in einer neuen Farbe. Meistens trug sie ihre Haare kurz, was einen gelungenen Kontrast zu ihren kantigen Gesichtszügen und ihren dunklen Augen darstellte. Ihre Arme waren mit den farbigen Tattoos mehrerer Rosen samt ihrer Dornen überzogen. In ihren Lippen und ihrer spitzen Nase steckten Piercings. Gleich mehrere Ringe schmückten ihre rechte Augenbraue. Sie trug immer ein Tanktop - egal zu welcher Jahreszeit.

Sie blickte von einem Buch hoch, das vom Cover her ein Erotik-Roman sein musste. Wahrscheinlich einer dieser unzähligen Bondage-Romane, in denen Milliardäre jungen Frauen den Hintern versohlten.

„Hey Erika, hallo Kleine!", rief sie vergnügt und ihr Mund verzog sich zu einem winzigen Lächeln. Sie kannte Yukis Namen nicht und sie vermutete, dass es ihr gefiel, sie einfach „Kleine" zu rufen. Die Asiatin warf ihr einen kritischen Blick zu und das Lächeln der Punkerin wuchs.

„Hey Katrin, alles klar?", antwortete Erika.

Katrin hob die Schultern und las weiter in ihrem Buch.

„Sie ist mir immer noch unheimlich", flüsterte Yuki ihrer besten Freundin zu, während sie tiefer ins

Geschäft gingen. Erika antwortete nicht, sondern begann gleich, die Ware zu inspizieren. Dildos, Vibratoren, Buttplugs und einige andere Apparaturen, die Yuki nicht kannte, hingen an der Wand in ihren Plastikverpackungen. Sie waren bunt und alle zeigten Fotos von sympathischen und attraktiven Damen. Meistens trugen sie einen Hauch von Nichts - oder schlicht nichts! Mit gierigen Blicken und aufreizenden Posen versprachen sie sinnliche Höhepunkte.

„Wonach suchst du eigentlich?", fragte Yuki.

„Hm, nach einem Buttplug", antwortete Erika geistesabwesend, während sie die Waren musterte.

„Da gibt es doch reichlich von. Such dir einfach einen aus!"

„Oh, das Standardzeug hab ich zuhauf, ich suche etwas Besonderes!"

„Darf ich helfen?", rief Katrin hinter der Theke und Yuki schreckte hoch.

„Nein, geht schon!", rief Erika zurück. Die beiden haben keinen Ansatz von Scham!, dachte Yuki und drehte sich um. Sie entfernte sich von ihnen und landete in der Pornoabteilung. Es wunderte sie jedes Mal, dass noch jemand Pornozeitschriften oder DVDs kaufen wollte, wenn es unendlich viel davon im Internet zum Nulltarif gab. Ohne weiter darüber nachzudenken durchblätterte sie eine der Zeitungen. Rein zufällig hatte sie eine Ausgabe eines Magazin, das sich auf Japanerinnen spezialisierte, erwischt. Ihre Augen weiteten sich, als sie die Zeitung durchblätterte. Sie starrte die jungen Japanerinnen an, die in unterschiedlichen Kostümen die größten Schmuddeleien anstellten! Egal ob als Dienstmagd, Schulmädchen, Krankenschwestern oder…

„Ich hab's!" Erika hielt ihren Fang geradewegs vor ihre Nase, weshalb sie zurückzuckte. Es war ein chrom-glänzender Buttplug, an dessen Ende ein Katzenschwanz hing. Sie musste nur kurz ihre Fantasie anstrengen, um zu wissen, wie das bei Erika aussehen würde.

„Was zum Teufel…?", meinte sie und legte das Heft zurück.

„Einer meiner besten Kunden möchte ein paar Exklusivvideos hiermit." Erika zwinkerte ihr zu.

„Ganz schön ausgefallen", gab Yuki kleinlaut zu, während sie zur Kasse gingen.

„Nicht wirklich. Das meiste lehne ich ab, aber das hier ist eine Kleinigkeit. Außerdem zahlt er gut!"

Auf dem Weg zur Kasse passierten sie einen Korb voller extra reduzierter Wahre. Erika blieb davor stehen und blickte wie hypnotisiert hinein.

„Eigentlich…", begann sie.

„Denk nicht einmal dran!" Yuki wusste ganz genau, wo das hinführte. Doch es war zu spät, Erika wühlte bereits mit beiden Händen im Haufen aus verpackten Sextoys hinein. Da rief sie triumphierend auf und hielt ihr etwas entgegen, das wie ein kleiner Massage-Stab aussah. Yuki kann sich nicht erinnern, jemals so etwas gesehen zu haben.

„Den schenke ich dir!" Yuki wollte gerade den Mund öffnen um abzulehnen, da drückte ihre Freundin ihr den Zeigefinger auf die Lippen. „Keine Widerrede." Sie drehte sich um und ging zur Theke, wo Katrin bereits auf sie wartete.

„Na, ihr Turteltauben, ist es so weit?", meinte sie mit rauer Stimme und legte das Buch zur Seite.

„Nein, noch nicht ganz", antwortete Erika.

„Wird es auch nicht", meinte Yuki, während Katrin den Preis eintippte.

***

„Sei doch nicht immer so steif! Du bist jetzt auch Sexworker", sagte Erika draußen und steckte das Spielzeug in eine von Yukis Tüten.

„Im Nebenjob", flüsterte sie.

„Na, und da kannst du immer etwas hinzu lernen. Glaub mir, die Herausforderungen werden wachsen." Sie gingen langsam die Straße hinunter. Es war kälter geworden. Nicht mehr lange, dann würde es zu schneien beginnen, dachte Yuki.

„Besser, du wächst mit ihnen!"

Kapitel 2

Am gleichen Abend lag Yuki nach der Schicht auf ihrem Bett. Sie hatte sämtliche Einkäufe endlich ausgepackt: Kleidung und Bücher waren bereits erfolgreich in ihren Schränken und Regalen verstaut. Yuki begutachtete das Sexspielzeug. Wohin bloß mit dem Zeug?, fragte sie sich laut. In die Schublade des Nachttischs? Das wäre nicht der schlechteste Ort, entschied sie, öffnete die Schublade und legte das Gerät in seiner Originalverpackung hinein.

Die Worte ihrer besten Freundin hallten in ihr nach. Sie hatte Recht, wenn sie meinte, dass sie das ganze ernster nehmen müsste, wenn sie Erfolg haben wollte. Bisher hatte sie Glück gehabt, ob mit den Bauarbeitern oder mit Reinhardt. Aber das alles beruhte noch zu sehr auf Zufällen. Dazu kam, dass ihre Fähigkeiten begrenzt waren. Blowjobs, Handjobs und rumficken, das war alles kein Problem für sie. Aber alles, was darüber hinaus ging, sprengte ihren Horizont. Sie musste ihn erweitern, wenn sie ernst machen wollte.

Nur wie sollte sie das anstellen?

Mittlerweile bereute sie es, dass sie in ihrer Uni-Zeit so zurückhaltend gewesen war. Es mangelte ihr an Erfahrung und an Neugier. Sie starrte auf ihre verschlossene Schublade. Wahrscheinlich gab es nur einen Weg, die eigenen Grenzen auszuloten.

***

Sie fummelte so lange an der Verpackung herum, bis sie aufging. Sie wollte vermeiden, um diese Uhrzeit noch einmal runter zu gehen, und dabei ihren Eltern zu begegnen. Bei ihrer Mutter war das vielleicht nicht so wichtig, aber bei ihrem Vater... Sie wollte auf jeden Fall vermeiden, dass er heraus fand, wie sie an das ganze Geld kam. Also musste sie es ohne Hilfsmittel schaffen. Nach einigem Gerangel war die Verpackung offen und sie hatte diesen kleinen Massagestab endlich befreit!

Er war in simplen schwarz gehalten, nur das Gelenk war weiß und auch sonst war das Design geschmackvoll zurückhaltend. Das gefiel Yuki, denn sie hatte keine Lust auf Glitzerzeug oder rosa Toys, wie Erika sie bei ihren Streams benutzte. Zu ihrer Überraschung waren bereits Batterien eingelegt! Sie drehte am hinteren Ende und stufenlos steigerte sich die Vibration des Gerätes. Sie musterte ihn skeptisch: Der runde Kopf war ungefähr zwei Finger breit. Man musste ihn präzise einsetzen, vermutete sie. Sollte sie etwa die Bedienungsanleitung vorher durchlesen? Sie seufzte. Nein, besser, man probiert es einfach aus!

Yuki platzierte die Kissen auf ihrem Bett so, dass sie es schön bequem hatte. Es war nicht das erste Mal, dass sie masturbierte, aber es war auf jeden Fall eine Seltenheit und bisher genügten ihre Finger. Doch als sie angefangen hatte, sich zu streicheln, um sich langsam in Stimmung zu bringen, verschwanden die Bedenken. Ohne es zu merken hatte sie begonnen, ihre Brüste zu massieren und auch ihre Finger erkundeten ihre Nässe. Sie musste sich bremsen, denn sie hatte ein Ziel vor Augen.

Sie schnappte sich ihr neues Spielzeug, stellte es auf eine niedrige Vibrationsstufe und begann, zu experimentieren. Zuerst fuhr sie sich damit über den Venushügel und die Innenseiten ihrer Schenkel, um ein Gefühl dafür zu bekommen. Dann erst begann sie vorsichtig, ihre Scham damit zu stimulieren. Yuki stöhnte, denn das Gefühl war neu und lustbringend. Das Prickeln strömte durch ihren Körper und sie wand sich auf dem Bett hin und her. Während sie auf dem Rücken lag, blickte sie an sich herunter. So genau hatte sie sich noch nie dabei beobachtet, doch sie wollte neue Perspektiven erhalten - im wahrsten Sinne des Wortes. Ehe sie sich versah, bahnte sie sich den Weg zu ihrer Klitoris. Erst zaghaft, dann mit Nachdruck presste sie den vibrierenden Kopf auf sie, bis sie den Höhepunkt näher kommen fühlte. Sie drehte die Stärke der Vibration immer höher und da war es schnell um sie geschehen: Ein heftiger Orgasmus packte sie, ließ sie zusammenzucken. Ihre Finger krallten sich in ihr Kissen und ihre Beine bewegten sich hektisch und unkoordiniert.

Als sie erschöpft auf ihrem Bett lag lag, vibrierte ihr neuer bester Freund noch munter vor sich weiter. Eine schwere Müdigkeit legte sich über sie und bald war sie eingeschlafen.

Kapitel 3

Es war bereits 10 Uhr, als sie aus der Dusche kam und die Treppe runterging. Yuki konnte Geräusche hören und auch mehrere Stimmen ausmachen, die weiter unten aus dem Restaurant kamen. Merkwürdig, um diese Zeit ist normalerweise keiner da, dachte sie. Neugierig wagte sie sich die Treppe runter und öffnete die Tür, die Restaurant und Privates voneinander trennte, einen Spalt weit, um hinein zu lugen. Mehrere Männer sprachen gerade mit ihrem Vater.

„Ja, bringen sie es einfach zur Vordertür rein, das sollte klappen", sagte er.

Was sollte zur Vordertür reingebracht werden?, fragte sich Yuki. Sie öffnete die Tür ganz, hatte sie doch keinen Grund, sich weiter zu verstecken. Ihr Vater bemerkte sie gleich und drehte sich zu ihr um. Sein Gesicht strahlte.

„Ah, Yuki, gut dass du hier bist. Die liefern gerade eine Bestellung!", erklärte er.

„Bestellung?"

Die beiden Männer luden eine große, runde Tischplatte aus ihrem kleinen Lieferwagen heraus. Sie nahmen im Gleichschritt die drei Stufen zum Eingang und tatsächlich passte das neue Möbelstück problemlos durch die Tür. „Wohin damit?", keuchte einer der beiden.

„Einfach hierhin", meinte ihr Vater und zeigte auf eine freie Stelle in der Mitte des Raumes.

Gleich machten sich die Handwerker daran, den Tisch aufzubauen.

„Weshalb brauchen wir einen neuen Tisch?", fragte Yuki. Sie beobachtete die Handwerker skeptisch.

Ihr Vater lächelte wissend. „Es ist nicht irgendein Tisch, Yuki. Es ist ein Tisch mit Drehplatte!", erklärte er.

Yuki kannte diese Tische aus anderen China-Restaurants. In der Mitte war eine Platte angebracht, die sich drehen ließ und auf der man verschiedene Speisen abstellen konnten. Bei Familien war das beliebt, denn wenn jeder ein anderes Menü bestellte, konnte man so leicht alles kosten.

„Wieso haben wir so etwas nicht schon früher gehabt?"

„Wir hatten ein ähnliches Modell in den 90ern. Daran erinnerst du dich nicht mehr", meinte er. „Auf jeden Fall sind die Dinger zwischendurch aus der Mode gekommen und Buffets wurden wichtiger. Aber da wir an den Wochenenden so viele Familien hier haben, kurbelt er vielleicht das Abendgeschäft weiter an."

Yuki trat etwas näher: Der Tisch bestand aus edlem, dunklen Marmor, die Platte darüber war aus einem helleren Stein. Als er fertig montiert dort stand, machte er einen stabilen und massiven, aber edlen Eindruck. Er fügte sich gut in das Gesamtkonzept des

Restaurants ein. Yuki nickte, als würde sie zustimmen.

„Er gefällt dir, nicht?", sagte ihr Vater, nachdem er die Handwerker bezahlt und sie das Restaurant wieder verlassen hatten.

„Ich denke, die Investition könnte sich lohnen", sagte Yuki und kreuzte die Arme vor der Brust.

Kapitel 4

Wenig später stand sie in Uniform bereit, um die Gäste zu empfangen. Es war Freitag und der Andrang war groß. Unter den Gästen sah sie ein paar alte Bekannte: Stephan und seine Kumpel vom Bau! Doch diesmal trugen sie nicht ihre Kleidung von der Arbeit. Stattdessen waren sie mit Jeans und einfachen Hemden unterwegs. Sie lächelten Yuki freundlich an, doch verloren kein Wort gegenüber ihrer Eltern. Das beruhigte sie ungemein. Zu ihrem Erstaunen setzten sie ich an den neuen Tisch, den sie mit viel Interesse begutachteten.

„Da habt ihr aber ordentlich investiert", staunte Stephan.

Yuki lächelte ihn zufrieden an. „Wir lassen uns immer wieder etwas Neues einfallen", erwiderte sie und reichte ihm eine Menükarte.

„Schade, dass wir nicht länger davon profitieren können", meinte einer der Kollegen.

„Wie meint ihr das?", fragte Yuki und blinzelte perplex.

„Die Arbeiten sind abgeschlossen, wir ziehen jetzt weiter zur nächsten Baustelle", erklärte Stephan. Yuki schnappte hörbar nach Luft. Was sollte das heißen?

„Das bedeutet, dass wir kaum noch hier vorbei kommen werden", sagte einer der Kollegen. Sie blickte ihre Kunden an und presste die Lippen zusammen.

„Aber vielleicht sollten wir noch einmal an diesem Wochenende kommen?", schlug Stephan der versammelten Runde vor. Die Gesichter erhellten sich und sie nickten eifrig. „Können wir den Tisch hier reservieren? So, für 23 Uhr, vier Personen?" fragte Stephan.

Yuki lächelte und notierte es.

***

„Die machen sich jetzt vom Acker? Ernsthaft?" Erikas empörter Schrei war so laut, dass Yuki das Handy von ihrem Ohr weg halten musste. Sie rollte mit den Augen.

„Ja, echt blöd! Ich hatte gehofft, die würden sich zu Stammkunden entwickeln!", meinte sie dann und legte sich aufs Bett. Neben ihrem Kissen lag immer noch ihr Sexspielzeug. Sie fluchte innerlich: Wie konnte sie nur vergessen, es wieder in der Schublade verschwinden zu lassen? Wenn ihr Vater es fände…

„Dann musst du deinen Kundenkreis ausbauen…", sagte Erika, nachdem sie sich beruhigte. „Hast du schon dein Sextoy ausprobiert?"

Yuki zögerte einen Moment zu lange.

„Also ja!", schloss ihre Freundin. „Wie war's?"

„Interessant." Yuki biss sich auf die Unterlippe, was ihre Freundin zum Glück nicht sehen konnte.

Erika stöhnte frustriert.

„Das sagt ja gar nichts aus! Egal - was hast du jetzt mit den Kerlen vor?"

Yuki kicherte nervös. „Die Frage lautet ja wohl eher, was sie mit mir vor haben."

„Touché! Glaubst du, du kannst ihren Ansprüchen wieder gerecht werden?"

„Wie meinst du das?"

„Na, die werden ja wohl kaum einen Standardfick wie beim letzten Mal haben wollen. Jetzt kommen wahrscheinlich die Sonderwünsche…"

Yuki wurde rot im Gesicht. Sonderwünsche? Darauf hatte sie sich gar nicht eingestellt! Ihre Gedanken rasten, um Szenarios durchzuspielen, doch das glich einem Leerlauf: Sie hatte keinen blassen Schimmer, was man von ihr erwarten könnte.

„Ääääähm", brachte sie hervor.

„Okay, Yuki, ich glaube du musst dir eingestehen, dass du dir zu viel vorgenommen hast. Wie wäre es, wenn du zuerst ein wenig recherchieren würdest… Haben die schon Sachen von dir verlangt, die du nicht tun wolltest?"

„Einer wollte anal…"

„Hast du Erfahrung damit?"

Sie schüttelte den Kopf, obwohl sie wusste, dass Erika das nicht sehen konnte. Doch ihre Freundin war gut darin, beklommene Stille zu interpretieren.

„Dann solltest du welche sammeln. Aber nicht morgen." Sie seufzte. „Ich muss dir bei der Inspiration etwas auf die Sprünge helfen…"

Nur Minuten später erhielt sie eine Mail von ihrer besten Freundin. Sie hatte ihr eine Liste mit zahlreichen Links zu Erotikfilmen, Pornos, Büchern und

Ähnlichem zusammengestellt. Yuki sah sich ein paar der Filme im Schnelldurchlauf an. Einer war ausgefallener als der letzte! Die Bücher hatten teilweise sehr merkwürdige, perverse Titel. Das sind so viele! Sie fühlte sich komplett überwältigt und scrollte einfach immer weiter runter. Hatte sie die Liste schon länger vorbereitet?, fragte sich Yuki. Bei Erika war das zu erwarten, sie war ziemlich pervers. Sie musste vermutlich viel für ihren Job als Camgirl recherchieren. Ein Blick auf die Uhr verriet Yuki, dass es viel zu spät war, um noch an diesem Abend mit der Recherche zu beginnen. Sie atmete tief aus. Da musste sie wohl ohne großartige Vorbereitung durch!

***

Selten war Yuki so nervös gewesen, wie an diesem Abend. Argwöhnisch musterte sie immer wieder den neuen, runden Tisch. Er war bei den Gästen, vor allem den Familien, sehr beliebt und deshalb ständig besetzt. Eigentlich könnte sich Yuki jetzt zufrieden zurücklehnen und ganz entspannt die Kunden bedienen: Sie musste keine besonderen Kunden mehr für diesen Abend finden, weil sie ja schon „gebucht" war. Sie hatte Ryu bereits klar gemacht, dass sein Schichtende um 23 Uhr wäre. Sie musste sich also um ihn gar nicht mehr kümmern, was die Angelegenheit etwas leichter machte. Doch immer wieder blickte sie ungeduldig auf ihre Uhr.

Bald würde es so weit sein.

Als die letzten Gäste das Restaurant verließen, wagte die Bedienung einen Blick nach draußen. An der gegenüberliegenden Straßenseite stand eine Gruppe von Männern. Sie rauchten und sprachen miteinander. Erst auf den zweiten Blick erkannte sie ihre besonderen Kunden und winkte ihnen zu. Stephan grüßte sie, sagte etwas zu seinen Kollegen, die dann zu ihr sahen. Die Zigaretten wurden achtlos auf den Bürgersteig geworfen und ausgetreten. Gemeinsam kamen sie dann auf sie zu. Yuki trat aus dem Eingangsbereich und ließ sie alle an ihr vorbei ins Restaurant.

„Hallo Yuki, bist du bereit?", fragte Stephan mit einem breiten Lächeln im Gesicht. Nervös nickte sie.

Was würde sie heute Abend alles erwarten?

Kapitel 5

Sie verloren keine Zeit mit überflüssigem Gerede. Sofort knöpfte Heinz ihr das Kleid auf und man ließ ihren BH verschwinden. Ein halbes Dutzend Hände griffen gierig nach ihren kleinen Brüsten. Jemand nahm ihren linken Nippel zwischen Daumen und Zeigefinger und zog leicht daran. Der sanfte Schmerz entfachte eine unbekannte Lust in ihr und sie stöhnte. Immer wieder küsste sie jemand innig. Eine Zunge fuhr ihr über die Seite ihres Halses, als eine Hand ihre Schürze samt Rock anhob. Ihr bereits nasse Scham wurde von dutzenden Fingern gleichzeitig erkundet, erst über dem Schlüpfer, dann darunter. Jemand trat hinter sie, hielt ihre Brüste fest und plötzlich war da ein Glied, das sich an ihrer Spalte rieb. Er tat es so schnell, dass sie sich rasend dem Höhepunkt näherte.

Die anderen nahmen einen Schritt Abstand. Sie beobachteten gespannt das Schauspiel: Die kleine Japanerin war vollkommen von Sinnen, stöhnte laut und Sabber lief ihr das Kinn herunter. Sie entledigten sich ihrer Kleider und wer noch nicht hart war, wurde es spätestens jetzt. Erik, der hinter ihr stand, zog sich zurück und trat neben sie.

„Zeit für die Vorspeise, Yuki", sagte er und deutete ihr, sich hin zu knien.

Ihr blieb keine Zeit, zu reagieren, denn sie hatte gleich den ersten in ihrem Mund empfangen. Sie konnte nicht hochschauen, um herauszufinden, wem es gehörte, sondern saugte so kräftig es ging. Jemand führte ihre Hände zu den anderen Prachtstücken.

„Bediene uns!", rief jemand voller Begeisterung. Doch sie hatte Probleme, den Takt zu halten: Zwei Arme unabhängig von Mund, Kopf und Zunge zu bewegen erforderte viel Koordination von ihr. Zum Glück griff der Kerl vor ihr mit beiden Händen ihren Kopf und begann vorsichtig, sich in ihrem Mund zu bewegen. Das erlaubte es ihr, sich auf anderes zu konzentrieren.

„Hey, hier spielt die Musik", sagte der vernachlässigte Kerl hinter ihr und drang in sie ein. Er war größer und dicker als sein Kollege, was sie überraschte.

„Los, auf den Tisch mit dir! Wir haben den ja nicht umsonst reserviert", befahl Tom, packte sie unter den Armen und hob sie auf. Er legte sie in die Mitte auf die drehbare Platte. Man riss ihr geradezu die restlichen Kleider vom Leib, nur ihre Schuhe ignorierten sie. Auf der einen Seite des Tisches baumelten die Beine runter, auf der anderen musste sie den Kopf hochhalten, um nicht gegen die Kante zu stoßen. Der Tisch hatte die perfekte Größe für Yuki.

„Das ist ja wie beim Flaschendrehen!", witzelte Erik. Ein wenig empört sah sie hoch. „Sorry, du bist natürlich keine Flasche", sagte er etwas beschämt und hielt ihr seinen Schwanz vor den Mund. Sie lachte und nahm ihn gleich in den Mund. Sie hatte keinen

Schimmer, wer auf der anderen Seite war, doch plötzlich zahllose Hände und Finger überall zu spüren. Sie hätte nicht gedacht, dass es einen solchen Unterschied machen würde, kopfüber einen Mann oral zu verwöhnen, aber sein Hodensack landete mit jedem Stoß in ihrem Gesicht, was sie unter normalen Umständen unglaublich lustig gefunden hätte. Erik beugte sich nach vorne, nahm beide Nippel fest zwischen die Finger, um immer wieder an ihnen zu zupfen. Auf der anderen Seite drang jemand ohne Vorwarnung in sie ein. Sie hätte am liebsten vor Lust geschrien.

Plötzlich zogen sich beide zurück und die Welt wirbelte herum. Man drehte sie gleich mehrmals, ließ los, und wie beim Flaschendrehen überließ man es dem Zufall, wo sie landen würde. Wieder und wieder drang man in sie ein, mal rabiater, mal sanfter als zuvor. Die Welt um sie herum war erfüllt vom Stöhnen und Jauchzen fremder Männer. Hände griffen rabiat nach ihren Brüsten, massierten sie, spielten mit ihnen und zwickten sie. Ständig schnippte man ihre Nippel, die steifer und empfindlicher wurden.

„Ist der Hintern immer noch Tabu?", rief jemand. Kurz zog jemand den Schwanz aus dem Mund, damit sie dankend ablehnen konnte. „Das wird sie bestimmt noch lernen", sagte Tom lachend.

Als sie ein drittes Mal gedreht wurde, legte man sie auf ihren Bauch. Jemand packte ihren Hinterkopf mit der einen und ihren Hals mit der anderen Hand und hob ihren Kopf hoch. Zwei Kerle standen vor ihr und widmeten sich abwechselnd ihren Mund. Sie konnte gar nicht mehr ihre Zunge fühlen, so erschöpft war sie. Ihre Füße fanden wieder keinen Boden, doch jemand hob sie am Becken hoch und drang erneut in sie ein. Yuki fühlte sich wie im siebten Himmel. Auch wenn es unglaublich anstrengend war, beherrschte sie die Lust. Erik stöhnte auf und kam als erster. Sie schluckte. Der Kerl hinter ihr zog sich zurück, sie wurde wieder gedreht und empfing bald einen neuen Mann in ihrem Mund, den der Höhepunkt packte. Ihr wurde keine Pause vor dem dritten im Bunde gegönnt.

***

„Ciao, Yuki", rief der letzte, als sie das Restaurant - voraussichtlich zum letzten Mal - verließen. Yuki hatte es gerade einmal geschafft, sich wieder aufzurappeln. Sie wollte ihnen noch etwas hinterherrufen, doch sie war zu müde und zu träge, um es rechtzeitig zu schaffen. Verdammt, das war ganz schön hart!, dachte sie und entdeckte die Geldscheine. Sie hatten zusammen fast 800€ hingelegt. Dann muss es ihnen gut gefallen haben. Sie seufzte zufrieden.

Sie hörte gar nicht, wie die Tür hinter ihr aufging, so sehr war sie beschäftigt, die Scheine durchzublättern.

„Hab ich es mir doch gedacht!", sagte eine männliche Stimme hinter ihr. Erschrocken fuhr sie herum. Zum Glück war es nicht ihr Vater gewesen, sondern bloß Ryu. Erleichtert legte sie die Hand auf die Brust.

„Ryu! Was machst du noch hier?"

Er kam etwas näher und betrachtete sie ausgiebig. Wahrscheinlich hatte er sie noch nie nackt gesehen, dachte sich Yuki. Oder voll mit dem Samen fremder Männer, fügte sie in Gedanken hinzu.

„Das gleiche könnte ich dich fragen. Aber jetzt weiß ich ja, wie du das ganze Geld verdienst", sagte er und kreuzte die Arme vor der Brust.

Yuki schüttelte den Kopf.

„Was willst du?", fragte sie.

„Geld", antwortete er prompt.

Sie lachte. Auf gar keinen Fall würde sie ihm ihr Geld geben. Nein, ihr schwebte ein Tauschgeschäft vor!

„Wie wäre es hiermit?", fragte sie und präsentierte sich, wie einen attraktiven Sportwagen.

Ryu machte einen halben Schritt zurück und hob abwehrend die Hände.

„Du meinst doch nicht…?"

Doch Yuki kam bereits zu ihm und packte ihn am Schritt.

„Ach komm schon, wie oft hast du daran gedacht, hmm? Seit ich erwachsen bin gierst du mir schon nach." Ihre Finger machten sich an seinem Riemen zu schaffen, bis dieser sich öffnete. Ihre Hand fand sogleich das steife Glied des Kochs. „Was meinst du, Koch und Bedienung, zusammen unter einer Decke?" Sie fing an, ihn zu wichsen, was ihm den Atem raubte.

Sie kniete sich hin und sah sich sein Stück genau an: Er war etwas kleiner als die, die sie in letzter Zeit zu Gesicht bekommen hat, doch sie hatte gelesen, dass der Größenunterschied bei Asiaten so ausfallen könnte. Es war ihr auch egal, denn das alte Sprichwort, dass es auf die Technik und nicht auf die Größe ankam, hatte sie sich schon immer zu Herzen genommen. Obwohl ihr Gesicht beschmutzt war, verwöhnte sie ihn mit ihrer Zunge. Sie blickte hoch zu ihm.

„Na, was sagst du?"

Er schluckte und nickte stumm.

Da begann sie ihn heftig zu blasen, während sie mit seinem Hodensack spielte. Sein Glied wurde noch größer, was sie überraschte, doch es füllte ihren Mund bei weitem nicht so sehr aus, wie das von Stephan und seinen Kumpels. Es war eher eine Entspannungsübung. Er ließ ein längliches Stöhnen heraus und blickte auf sie herunter. Scheinbar hatte er es sich so oft vorgestellt, dass er noch nicht ganz glauben konnte, was hier geschah. Sie musste grinsen, denn es gefiel ihr, diesem perversen Koch die angestaute Lust heraus zu saugen. Kaum hatte sie es gedacht, verlor auch er seine Beherrschung.

Sie zog ihn heraus und stand auf.

„Nur einmal am Wochenende, verstanden? Und kein Wort zu meinen Eltern!", sagte sie mit erhobenen Finger. Er deutete einen Salut an und machte sich davon.

Kapitel 6

„Glaubst du, der wird zum Problem?", fragte Erika. Sie trafen sich einen Tag später in ihrem Lieblingskaffee.

„Mit den Vorzügen, die er so genießen kann?" Yuki sog an ihrem Strohhalm. Der Milkshake war köstlich! „Denke nicht, dass er mir da großartige Probleme bereitet. Ich glaube eher, dass meine Mutter zu einem Problem wird."

Erika nickte.

„Hast du schon herausfinden können, wie sie das meinte? Also, es stimmt schon, dass man schnell an dir Interesse verlieren könnte...", begann Erika und hielt inne. Sie war sich nicht ganz sicher, wozu sie ihrer Freundin raten kann. „Aber muss hart sein, vier auf einmal", gab sie dann zu.

„Ist ja nicht mein erstes Mal. Aber..." Yuki blickte geistesabwesend in ihren Kaffee. Erika hob die Augenbrauen. „Ich glaube, ich muss noch viel lernen. Wenn ich mehr kann, hauen die Kerle nicht so schnell ab, oder?"

Erika neigte den Kopf etwas zur Seite. Da ist etwas dran, musste sie sich eingestehen.

„Hast du dir die Sachen angeschaut, die ich dir geschickt habe?", fragte sie.

„Ja, aber ich weiß nicht so richtig, was sie mir bringen sollen. Theorie ist schön und gut, aber...", antwortete Yuki.

„Aber Praxis wäre besser. Was wird denn von dir verlangt?", fragte Erika.

„Immer wird nach anal gefragt."

„Das lässt sich lernen."

Yuki atmete frustriert aus. Sie hatte befürchtet, dass Erika diese Antwort geben würde.

„Klar kann man es lernen, aber ich habe kein Interesse dran", gab sie kleinlaut zu.

„Ich glaube, da musst du in den sauren Apfel beißen." Erika nahm einen Schluck von ihrem Kaffee und sah sich kurz um. Sie hatten wieder einmal einen besonders ruhigen Nachmittag erwischt. Selbst die Kellnerin sah etwas schläfrig aus. „Als Bedienung musstest du doch auch viele Dinge lernen."

„Ja, aber das..." Yuki verdrehte die Augen.

„War Arbeit?", beendete Erika den Satz.

Yuki seufzte. Sie wusste, dass Erika recht hatte. Sie musste sich weiterentwickeln, wenn sie neue Kundschaft anlocken wollte.

„Sieh es einfach als Fortbildung an. Ich muss auch ständig meine Palette erweitern. Dabei entdecke ich immer wieder etwas Neues über mich selbst", erklärte Erika. „Vielleicht solltest du die Gelegenheit nutzen, dich selbst kennen zu lernen?"

Yuki überlegte. Es stimmte, dass es ihr an Erfahrung fehlte. Und wenn sie wirklich selbstständig sein wollte, musste sie sich auch weiterentwickeln. Die eigenen Grenzen auszuloten, gehörte dazu, gestand sie sich.

„Wenn du willst, helfe ich dir dabei", meinte Erika und schenkte ihr ein warmes Lächeln.

Yuki wusste nicht ganz, wie sie das meinte, aber es gab ihr Zuversicht.

Sie würde das schaffen!

Yukis Einführung
Die perfekte Bedienung, Band 4

Kapitel 1

Als das Sonnenlicht auf ihr Gesicht fiel, wachte Katrin auf. Sie gähnte herzhaft und griff nach ihrem Handy auf dem Nachttisch. Es war 8:15! Ihr Wecker würde in einer Viertelstunde läuten und sie überlegte kurz, ob sie noch weiter vor sich hindösen oder lieber gleich aufstehen sollte. Sie drehte sich mehrmals im Bett, genoss die Wärme der Sonnenstrahlen, doch sie wusste, wenn sie noch einmal einschlafen würde, wäre sie den Rest des Tages todmüde. Also schwang sie sich voller Optimismus aus dem Bett und machte sich auf ins Badezimmer.

Wie immer ließ sie beim Duschen lauten Punk-Rock laufen. Sie sang ohne jegliche Hemmung mit, glücklich darüber, keine Nachbarn zu haben, die sich daran stören konnten. Die Appartements neben dem Sexshop waren schwierig zu vermieten. Wenn jemand dort einzog, dann bloß als Zwischenstation oder Notlösung, bis man sich eine bessere Wohnung leisten konnte. Oder in eine billigere umziehen musste. Deshalb war ihr Apartment über dem Laden auch so groß. Eigentlich waren es zwei Wohnungen, die sie sich beide gekauft hat und später ein paar Wände einreißen ließ, damit ein einziges, großes entstand. Die beiden Stockwerke über ihr standen leer. Sie war sich noch immer nicht ganz sicher, ob sie die nicht auch noch kaufen sollte. Bloß, was sollte sie damit? Den Laden zweistöckig ausbauen? Die Frage beschäftigte sie fast jeden Morgen, während das Wasser auf sie prasselte.

Nachdem sie ihre Morgenroutine abgeschlossen hatte, ging sie eine Treppe hinunter. Hinter einer Tür befand sich der Eingang zum Sexshop, der mit einem kleinen Schild, auf dem „Privat" stand, die Kundschaft fernhalten sollte. Mittlerweile schloss sie immer gleich ab, auch wenn sich noch nie ein Kunde dorthin verirrt hatte. Die Tür lag zwischen zwei Porno-DVD-Regalen und sie stellte immer ein Display mit hochkarätigen Pornomagazinen davor.

Sie schaltete sämtliche Lichter an und begann einen kleinen Kontrollgang. Bald müsste sie neue Möbel bestellen. Sie spielte schon länger mit dem Gedanken, eine Couch oder zwei zu kaufen. Damit könnte sie eine kleine, gemütliche Sitzecke einrichten, die Kunden zum Verweilen einlädt. Sie wollte nicht bloß einen Sexshop führen, sondern auch eine kleine Gemeinschaft aufbauen. Über die letzten Jahre war es ihr gut gelungen, Stammkunden anzuwerben. Anders konnte man mit so einem Laden schwer überleben.

Nach dem Staubsaugen blickte sie auf die Uhr: 9:55! Sie musste den Laden gleich öffnen! Nach einigen letzten Handgriffen, eilte sie zur Tür. Sie wollte sie gerade öffnen, als zwei sich an der Fenster plattdrückende Gesichter sie erschreckten und sie aufschrie. Erst auf den zweiten Blick erkannte sie die beiden wieder.

„Was zum Geier macht ihr hier so früh?", schrie sie und öffnete die Tür.

Yuki und Erika lösten sich von der Fensterscheibe und lachten sich halb kaputt.

„Was für eine nette Art, seine Kunden zu begrüßen", meinte Erika und schnappte nach Luft. Yuki stand neben ihr und sah müde aus, auch wenn sie immer noch lachen musste. Sie trug einen Schal, um sich gegen die Kälte des einbrechenden Winters zu schützen.

„Meine Kundschaft lauert mir normalerweise nicht so auf, wie ihr beiden. Muss ja dringend zu sein", sagte Katrin, als sie den Laden betraten.

„Kann man so sagen. Du Katrin, habt ihr noch welche von diesen Anal-Einführungssets?", fragte Erika. Yuki blinzelte perplex: Wie konnte sie das so direkt fragen? Katrin genoss das Zusammenspiel zwischen den beiden, doch sie ließ sich nichts anmerken und nickte. „Klar, folge mir."

***

Es war ein einfaches Set aus drei verschiedenen Utensilien: Einer Analkugelkette, drei schwarzen Silikon-Buttplugs, die ein Plastik-Rubin am Ende zierte, sowie einem Enemator. Die Kugeln der Kette wuchsen von winzig bis mächtig, ähnlich wie die Buttplugs. Das Produkt nannte sich „Analsex Einführungsset - Klein" und das letzte Wort kam Yuki verhöhnend vor. Konnte sie nur klein? Oder musste sie klein anfangen? Sie hielt die Verpackung in beiden Händen und starrte sie ungläubig an. Eine junge, hübsche Frau war darauf abgebildet, die ihr den Hintern entgegen hielt. Sie lächelte Yuki aufreizend an. Worauf hatte sie sich hier bloß wieder eingelassen? Sie schluckte.

„Keine Sorge, das ist alles nicht so schlimm", meint Erika und kam mit einer großen Flasche Gleitcreme zu ihr. „Anal freundlich" war darauf zu lesen.

„Ich sehe schon, die Kleine möchte etwas hinzu lernen", spottete Katrin.

„Ich heiße Yuki!", antwortete sie. Das überraschte Katrin und Erika zugleich. Die Ladenbesitzerin grinste daraufhin zufrieden. „Und sie gewinnt Selbstvertrauen. Sehr schön. Yuki." Gelassen nahm sie einen Artikel nach dem anderen und tippte die Preise in ihre Maschine ein. Erika legte ihr einige Scheine hin. Als Yuki den Mund öffnete, um zu protestieren, schüttelte sie den Kopf: „Betrachte es als eine Investition!" Yuki blies die Backen auf, doch ließ ihre Freundin bezahlen. Hoffentlich erwartete sie dafür keine Gegenleistung, dachte sie und nahm die Tüte entgegen.

„Dann wünschte ich dir und Yuki viel Spaß", sagte Katrin und zwinkerte der Asiatin zu. Sie warf ihr einen tödlichen Blick zu.

„Das ist nicht für uns beide!", fauchte sie.

Katrin hob die Schultern: „Mir doch egal, was meine Kunden so treiben!"

Yuki wollte gerade etwas erwidern, als Erika sie an den Schultern packte und aus dem Laden herausschob.

Kapitel 2

Die beiden Freundinnen nutzten den Rest des Morgens, um ein wenig in der Stadt spazieren zu gehen. Das kam leider viel zu selten vor, weshalb sie solche Momente besonders genossen. Sie gelangten in einen Teil der Stadt, den sie nur selten gemeinsam besichtigten. Auch, weil diese Gegend bis vor kurzem eine einzige Baustelle gewesen war.

„Kein Wunder, dass deine Kunden vom Bau weg sind", bemerkte Erika. Da hörten sie in der Ferne Musik. „Macht hier jemand ne Disko auf, oder was?"

Sie folgten dem Lärm, bogen um eine Ecke und Yuki bot sich ein geradezu höllischer Anblick: Vor ihr tat sich eine riesige, chinesische Pagode auf. Einen Moment dachte sie, irgendeine Sekte hätte hier ihren Tempel errichtet, aber nein, die Wirklichkeit war viel schlimmer: Es war ein Asiatischer Tempel der Lüste! Die größte Asia-Restaurant-Kette des Landes! Laute Musik dröhnte aus gigantischen Boxen und eine ganze Horde junger Asiatinnen in Uniformen, die das gesamte Regenbogenspektrum abdecken, vollzogen einen durchchoreografierten Tanz, während sie von einer Menge Zuschauer angefeuert wurden. Etwa 50 Menschen hatten sich auf dem Platz eingefunden und ließen sich vom Personal mit kleinen Häppchen verköstigen. Die Uniform war fast so aufreizend wie ihre, stellte Yuki fest. Sie bemerkte die lüsternen Blicke der Männer und wusste sofort: Das hier würde zu einem Problem werden!

„Was zum Teufel ist hier los?", fragte Erika, als eine der Asiatinnen aus der Menge hervortrat. Sie trug keine der Uniformen, sondern ein einfaches, grünes Kleid sowie lange, weiße Handschuhe, die ihren etwas dunkleren Hauttyp unterstrich. Die Frau wirkte noch sehr jung, was nichts an ihrer Entschlossenheit änderte. Sie trat an ein Mikrofonständer und riss das Mikrofon an sich.

„Werte Damen und Herren, Sie sehen es mit eigenen Augen: ein neuer Tempel hat in der Stadt eröffnet! Und was wir ihnen bieten, sind kulinarische Genüsse, die einer Offenbarung gleich kommen! In ganz Europa ist unsere Kette bekannt und das zurecht! Wer einmal von uns gekostet hat, greift nie wieder zum unterirdischen Essen beim Asiaten um die Ecke!" Ihre Stimme war voller Gift und sie lachte gellend laut. Yuki war scheinbar die einzige, die das störte, denn der Rest des Publikums grölte laute. „In einer Woche werden sie Zeuge sein und Himmlisches erleben", rief die Frau und die Musik drehte danach noch lauter auf.

„Yuki, was geschieht hier?", fragt Erika mit ungläubigem Gesichtsausdruck. Doch Yuki antwortete nicht, sie stand regungslos dort, die Augen fassungslos auf das Spektakel vor ihr gerichtet.

Sie musste unbedingt mit ihrem Vater reden!

***

Sie ließ ihre verdutzte Freundin dort stehen und eilte flugs nach Hause. Das konnte nicht wahr sein! Ausgerechnet jetzt, wo sie langsam ihren Weg in die Unabhängigkeit bahnte! Wo alles so gut lief... Sie fluchte innerlich, als sie die Tür zum Restaurant aufstieß, als würde der Sheriff aus einem alten Western in den Salon stürmen. Ihr Vater war gerade dabei, den Boden aufzuwischen. Er erschrak, als er seine Tochter sah.

„Vater...!" So weit kam sie, bis sie den Flyer auf der Theke entdeckte. Er wusste bereits Bescheid! Ihr Vater nickte traurig. „Was sollen wir tun?", fragte sie.

Er schüttelte den Kopf und stellte den Aufwischmop zur Seite. „Ich weiß es nicht. Wir sind Konkurrenz ja gewohnt, aber ich fürchte, das hier ist eine Nummer zu groß für uns." Er seufzte laut. „Vielleicht können wir uns mit unserer Stammkundschaft über Wasser halten." Als könnte er draußen Rat finden sah er zur Fenster hinaus. „Und immerhin hast du ja ganze Arbeit geleistet über die letzten Wochenenden. Vielleicht wird uns das ja weiterhelfen?" In seinen Blick schlich sich eine Spur von Hoffnung.

Yuki stand dort und konnte nichts sagen. Sie war wütend, verwirrt und ratlos zugleich. So entmutigt hatte sie ihren Vater noch nie zuvor gesehen. Doch sie wusste, dass es nicht mehr alleine von ihm abhing, wie es jetzt weiter ging.

***

Es konnte nicht mehr warten: Sie musste besser werden! Sie stürmte auf ihr Zimmer - Ihr blieben noch Stunden, bis die Abendschicht begann. Voller Tatendrang betrachtete sie die Verpackung ihrer neuesten Errungenschaft und zerfetzte sie geradezu. Doch kaum hatte sie die Toys aus ihrer Verpackung befreit, hielt sie inne. War sie bereit dafür? Und vor allem: Wie sollte sie anfangen? Sie nahm den kleinsten Buttplug in Augenschein: Seine Form sollte es leicht machten, ihn nach und nach einzuführen, vermutete sie. Vielleicht sollte sie es damit zuerst probieren?

Sie zog sich schnell aus, auch wenn sie glaubte, dass es vielleicht unnötig wäre. Aber sie versuchte, die Situation so angenehm wie möglich zu gestalten. Sie nahm den Buttplug, drehte ihn in ihrer Hand, musterte ihn noch einmal von allen Seiten und versuchte sich vorzustellen, wie er in ihren kleinen, engen Anus hinein passen würde. Alles, was größer als ein kleiner Finger war, wirkte auf sie gigantisch. Yuki atmete mehrmals tief durch, um das flaumige Gefühl in ihrem Magen los zu werden. Sie drückte zwei mal auf den kleinen Gleitgelspender, trug es auf das Silikon des Toys auf und cremte auch ihren Hintereingang damit ein. Dieser war so empfindlich, dass er selbst bei dieser einfachen Berührung zuckte. Und da sollte so ein großes Ding reinpassen? Sie zweifelte immer noch daran, als sie mit der Spitze bereits versuchte, einen ersten Millimeter einzudringen. Doch sie war total verkrampft und selbst dieser erste Versuch war schmerzhaft! Sie stöhnte und brach ab, nur um es wieder zu versuchen. Auch beim zweiten und dritten Versuch blieb der Erfolg aus! Nach einigen Minuten lag sie erschöpft und entmutigt da. Sie starrte ratlos die Decke an. So wird das niemals was! Nur was konnte sie tun? Es gibt nur eine Lösung, dachte sie, schloss die Augen und atmete ein letztes Mal tief ein.

Als sie klingelte folgte gleich das Surren. Sie war nicht zum erstem Mal hier, aber es waren bereits Jahre her, dass sie zuletzt Erika in ihrem Apartment besucht hatte. Dabei war der zehnstöckige Komplex nur ein paar Blocks vom Restaurant entfernt. Die Gegend war etwas heruntergekommen, aber bei weitem nicht die Schlimmste der Stadt. Erika bevorzugte es, mit Yuki auszugehen. Ihre Wohnung war gleichzeitig ihr Arbeitsplatz, weshalb sie nur ungerne auch noch ihre Freizeit dort verbrachte.

Im siebtem Stockwerk angekommen klopfte sie an die Tür des Apartment 74. Yuki blickte den Flur hinunter: Er starrte vor Dreck. Wieso musste Erika ausgerechnet hier leben? Es lag bestimmt an der niedrigen Miete. Sie wollte sich gar nicht vorstellen, wie die Nachbarn hier so drauf sind.

Die Tür schnellte auf und Erika zeigte sich in einem einfachen T-Shirt, das ein Regenbogen prägte, samt Hotpants.

„Yuki, was machst du hier?", fragte sie mit verdutztem Gesicht.

„Ich brauche deine Hilfe", antwortete Yuki und präsentierte ihr entschlossen die Tüte mit den Toys.

**

Erika kocht einen Tee, während Yuki auf der kleinen, weißen Couch im Wohnzimmer auf sie wartete. Die Polster konnten wegen einiger Risse nicht darüber hinwegtäuschen, dass sie ihre besten Tage längst hinter sich hatten. Doch gemütlich war die Couch trotzdem. Vor ihr stand ein gläserner, leerer Tisch in dem sich die Lichterketten, die sich an den Wänden entlang schlängelten, spiegelten. Über ihr tauchte eine zu groß geratene Lampen das Zimmer in grelles Licht. Mehrere Kameras standen ihr gegenüber auf Tripods, wobei nur bei einer einzigen die winzige rote Lampe blinkte.

„Sorry, wenn ich gewusst hätte, dass du kommst, hätte ich alles abmontiert", rief Erika aus der Küche, die sich in einem Nebenraum befand. Yuki nutzte die Gelegenheit um bei der Kamera den unauffälligen Kippschalter umzulegen. Das kleine rote Licht erlosch. Ihr Wohnung machte eine guten Eindruck, wenn man von der Unterwäsche und einigen Sextoys, die verstreut herumlagen, einmal absah. In einem Kaktus hatte sich ein Stringtanga verfangen. Und zwischen zwei Polstern fischte sie einen großen Vibrator, der einen Penis realistisch imitierte, hervor. Sie hielt ihn wie einen Fremdkörper zwischen Daumen und Zeigefinger vor sich, ehe sie ihn sorgsam zur Seite legte.

„Kein Problem! Ich komme ja nicht gerade jeden Tag vorbei", antwortete sie. „Du filmst also im Wohnzimmer?"

„Ja, die bestellten Videos. Die Camshows filme ich in einem anderen Raum mit dem zweiten Bett." Yuki warf einen Blick durch die offene Tür, die von der Couch aus zu sehen war: Dort war ein großes Himmelbett zu sehen, das sehr ordentlich gemacht war und wo nichts darauf hindeutete, dass dort irgendwelche Schweinereien angestellt wurden. Es war eine Insel der Ordnung im Vergleich zum Rest der Wohnung. Ihre beste Freundin war also richtig diszipliniert, wenn es um die Arbeit ging. Das musste sie selbst noch lernen. Yuki hatte ein mulmiges Gefühl im Magen. War es eine gute Idee, hierhergekommen zu sein?

Erika stellte die Tassen mit dem auf den Tisch vor ihr. Wortlos setzte sie sich neben ihre Freundin.

„Also, du hast es probiert?", fragte sie und eröffnete damit das merkwürdigste Gespräch, das Yuki jemals bei einer Tasse Tee geführt hatte. Sie nickte und blickte dabei beschämt zu Boden.

„Und es hat nicht geklappt", vermutete Erika. Sie pustete mehrmals, um den Tee etwas abzukühlen.

„Ich bin einfach zu verkrampft", gestand Yuki und nippte am Tee. Ihr Blick fiel wieder auf den Kaktus, dessen Nadel sich durch den dünnen Stoff der Unterwäsche bohrten.

„Kein Wunder, so leicht klappt das nicht. Das braucht Zeit, Übung und die richtige Vorbereitung."

„Vorbereitung?"

Erika lächelte. „Genau. Warte, ich zeige es dir!" Sie wühlte in der Tüte und nahm den Enemator heraus. „Du weißt bestimmt nicht, was das hier ist, und hast es komplett ignoriert."

Yukis strenger Blick bestätigte ihre Vermutung. „Damit machen wir dich erst einmal sauber", erklärte Erika. Die Halbjapanerin riss ihre Augen auf.

„Das schaffe ich alles nicht alleine", gab sie zu.

Erika legte ihr die Hand auf die Schulter und lächelte sie zuversichtlich an.

„Keine Sorge, ich werde dich Schritt für Schritt begleiten. Lass mich dir bei deiner Einführung in die Welt des Analsexes helfen."

***

Schritt für Schritt erklärte ihre Freundin Yuki, was sie tun musste. Dann wurde ihr das Bad überlassen. Sie saß dort, vollkommen verwirrt, obwohl Erika wirklich präzise gewesen war. Doch eventuelle Unklarheiten waren nicht das Problem. Konnte sie das einfach so hier im Bad ihrer besten Freundin tun? Sie starrte etwas ratlos auf das Hilfsmittel, ehe sie neuen Mut fasste und die Anweisungen dann doch befolgte.

Erleichtert trat sie wieder aus dem Bad und hatte nichts weiter an, als ihre Unterwäsche.

„Bereit für den nächsten Schritt?", fragte Erika, die auf der Couch auf sie wartete. Sie lächelte wie eine Schauspielerin, die sich für eine Liebesszene vorbereitete. Yuki dagegen sah sie mit großen Augen an. Das konnte doch nicht ihr Ernst sein, oder? Erika hielt die Analbead-Kette demonstrativ hoch und lächelte fies.

„Ich kann das auch alleine", sagte die Japanerin. Doch Erika hörte ihr gar nicht zu und bat sie, in das Nebenzimmer für die Camshows zu kommen. Sie zögerte. „Die Kameras sind auch aus?" Erika lachte und nickte. Mit kleinen Schritten folgte Yuki ihr.

„Bist du sicher, dass du mir persönlich zur Hand gehen musst?", fragte Yuki, als sie sich auf das Bett setzte. Die Matratze war extra weich und bequem, ungefähr so, wie sie es aus teuren Hotels kannte. Erika musste eine Stange Geld verdienen, um sich so etwas leisten zu können! Ihre Freundin setzte sich neben sie und hielt einen Moment inne, ehe sie wieder zu sprechen begann.

„Du willst dich doch schnell weiterentwickeln, oder? Mit meiner Erfahrung geht das schneller! Glaub mir, wenn du Erfolg haben willst, musst du hier über deinen eigenen Schatten springen." Yuki brachte kein Wort heraus. „Wenn es dich beruhigt: Du bist nicht die erste, der ich sowas beibringe. Und es ist rein pro-fessionell", meinte Erika.

Yuki wurde knallrot. Rein professionell? Was bitte-schön war rein professionell dabei, der besten Freun-din ein Sextoy in den Hintern reinzuschieben? Abso-lut nichts! Ihr Atmung ging bereits schneller, wenn sie nur daran dachte. Doch Erika hatte Recht: Es war der schnellste und einfachste Weg, um sich sexuell weiter zu entwickeln. Sie atmete durch. „Was soll ich ma-chen?"

Erika lächelte zufrieden. „Am besten, du gehst in die Hündchen-Stellung", meinte sie. Yuki blickte sie fragend an. „Oh, Gangbangs sind Routine, aber du weißt nicht, was die Hündchenstellung ist? Hui..." Sie hob dabei die Augenbrauen, ehe sie sich auf Knie und Unterarm stützte und den Hintern hoch räkelte. Obwohl sie immer noch Hotpants und Shirt trug und Yuki sie bereits mehrmals bei ihrer Camshows beob-achtete hatte, schlug ihr Herz wie wild. Ihre Freundin so zu erleben regte sie auf. Bedeutete das, dass sie auch auf Frauen stand? Oder war es die Situation, die so merkwürdig aufgeheizt war? Sie nickte, als würde sie verstehen und nahm schließlich die gleiche Positi-on ein.

„Gut! Bist du bereit?"

„Mhm", antwortete sie und blickte nach vorne. Plötzlich zog Erika ihr das Höschen herunter, bis es in den Kniekehlen hing. Frische Luft kam an ihren Po und ihre Schamlippen, wobei sie diese so gut wie möglich zusammen presste.

Erika schüttelte den Kopf. „So geht das nicht. Du musst dich schon entspannen, Yuki!"

Yuki hob den Kopf und blickte an ihrer Seite vorbei zu Erika.

„Und wie soll das gehen?"

„Hm, also, mir hilft es, zu masturbieren…", meinte sie mit gespielt unschuldigem Gesichtsausdruck. Yuki wurde immer roter. „Das werde ich niemals hier machen!", sagte sie.

„Och, dann mache ich es für dich", kicherte Erika und begann, ihre Schenkel zu streicheln. Dabei spreizte sie die dünnen Beine leicht, womit sie Einblick in das Heiligtum ihrer besten Freundin erhielt. Yuki regte sich nicht, denn sie spürte Lust in ihr aufsteigen. Sie versuchte, es zu verbergen, doch ihr Versteck hatte ihren eigenen Kopf und begann, feucht zu werden.

„Höre ich da einen Widerspruch von dir?", flüsterte Erika. Yuki schüttelte nur den Kopf. Alles nur professionell, dachte sie noch, als Erikas Zunge die Innenseite ihrer Schenkel nacheinander hoch wanderte. Sie wiederholte es mehrmals, wodurch sich ihre Lust immer weiter steigerte, bis sie fühlen konnte, dass ihr Saft bereits ihre Schenkel herunterrann. Da begrüßte Erikas Zunge ihre geheime Stelle. Das Camgirl hatte noch nicht viel Erfahrung mit Frauen gesammelt, doch sie hatte unzählige Frauen nackt gesehen. Yukis geheimste Stellen übten nun, da sie offen lagen, eine besondere Faszination auf sie aus, weil sie nie ihre Freundin als ein Objekt der Begierde betrachtet hatte. Sie zu lecken war, wie von einer verbotenen Frucht zu kosten und ihre Zunge kannte immer weniger Zurückhaltung. Bald saugte sie an Yukis Schamlippen, schmeckte und genoss sie. Es gab ein lautes Schmatzen, das sich mit dem leisen Stöhnen Yukis vermischte. Als sie genug von ihr gekostet hatte, drang sie mit zwei Fingern in sie ein: erst langsam, dann immer schneller, bis Yuki sich nicht mehr beherrschen konnte und laut zu stöhnen begann.

„Hier brauchst du dich nicht zurück zu halten: Alles ist gut schallisoliert", erklärte Erika und fingerte die Asiatin noch fester, dass sie fast schrie. Erika hatte mittlerweile reichlich Spaß und es überraschte sie nicht, als sie an sich herunter blickte und einen kleinen Fleck zwischen ihren Beinen auf den Hotpants entdecken konnte. Auch sie wurde immer nasser! Und wer kann es mir verübeln?, dachte sie. Yuki sieht einfach perfekt aus! Ihr Fingern wurde schneller und Yuki begann noch lauter zu schreien. Ihr Körper bebte jetzt geradezu! Sie kommt!, erkannte Erika und schnappte schnell die Analbeads. Sie rieb diese mit reichlich Gleitgel ein, denn vor allem beim erstem Mal war Vorsicht geboten! Yuki war erschöpft zur Ruhe gekommen und ihre Schließmuskeln waren etwas entspannter. Einen besseren Moment als jetzt würde sich kaum bieten! Sie setzte die Analbeads an und ohne es anzukündigen flutschte die kleinste Kugel bereits rein.

„Oh", machte Yuki. Es klang nicht, wie ein Aufschrei des Protestes, sondern der Überraschung. Mit ein wenig Nachdruck folgte auch die zweite der acht Kugeln. „Alles gut so weit?", fragte Erika. Yuki stöhnte und räkelte ihren Hintern. Erika versuchte es also mit der dritten Kugel und auch sie ging ohne große Aufregung rein. Sie bemerkte, dass Yuki sich noch mehr entspannte, während sie immer noch stöhnte. Erikas andere Hand öffnete ihre Hotpants. Das hier macht mich einfach zu geil!, gestand sie sich und begann zu masturbieren. Auch wenn sie jeden Tag eine Show im Internet durchzog, so war das hier etwas ganz anderes.

Die vierte Kugel flutschte rein.

„Wir sind in der Hälfte, wie sieht es aus?", fragte Erika.

„Mehr!", rief Yuki.

„Gefällt dir das, meine Kleine?", rief Erika

„Ja!", kam als Antwort.

Erika erhöhte den Druck, um die nächste Analkugel einzuführen. Da griff plötzlich Yuki ein und schob sich gleich eine Kugel nach der anderen hinein. Völlig verdutzt und atemlos beobachtete Erika sie dabei. Oh Yuki, dachte Erika, aus dir machen wir einen Profi!

Sie rieb sich bis zum Orgasmus, während sie ihr dabei zusah. Sie genoss es, sie dabei zu beobachten, wie sie, mit all den Kugeln in ihrem hintern, sich selbst zu Höhepunkt rieb. Erika war sich nicht bewusst, wie erotisch sie Yuki finden konnte, doch jetzt offenbarte sich eine neue Perspektive.

Sie nahm vorsichtig den mittelgroßen Buttplug aus der Verpackung, schmierte ihn gut mit Gleitgel ein, krabbelte neben Yuki und zeigte ihn ihr. Yuki sah ihn einen Moment lang fasziniert an und nickte dann stumm. Ihr Lächeln sagte alles! Da fiel Yukis Blick auf ihre durchnässten Hotpants, doch Erika ließ ihr keine Zeit, um darauf zu reagieren, sondern krabbelte hinter sie. Behutsam ließ sie die Kugeln aus dem Anus ihrer Freundin gleiten, ehe sie mit viel Gefühl den Buttplug ansetzte. Als sie ihn Millimeter für Millimeter hinein schob, bereute sie, dass sie es nicht filmte. Nicht nur stöhnte Yuki in einem Ton, den sie noch nie gehört hatte, sondern ihr Anus weitete sich spontan, als würde sie das bereits seit Jahren tun. Der Buttplug glitt in einem Satz hinein, als Yukis Finger begannen, sich selbst zu verwöhnen. Sie war komplett von Sinnen, berauscht von den vielen neuen Eindrücken. Doch auch, weil Erika dabei war, ihr half und sie beobachtete. Geilte sie das auf?, fragte sie sich noch, als ein Orgasmus sie durchfuhr, der etwas anders war, als diejenigen, die sie bisher erlebt hatte. Sie zuckte zusammen und die letzten greifbaren Gedanken verschwanden aus ihrem Kopf. Nur noch Lust beherrschte sie.

Erika stoppte nicht, ihr das Toy in den Hintern gleiten zu lassen. „Ich hör nicht auf, ehe du stopp sagst", rief sie. Doch Yuki reagierte nicht, nur ihre Augen rollten zurück, während sie stöhnend begann, zu sabbern. Erika lachte laut und machte noch schneller weiter, während sie sich selbst rieb. Erst, als der Rausch sie erneut packte, kamen sie zum Abschluss.

Yuki war bereit!

Kapitel 4

Als Yuki an diesem Abend nach Hause kam, fiel sie einfach ins Bett. Sie fühlte sich wie ausgelaugt. Doch noch nie war sie so entspannt und zufrieden gewesen. Wer hätte gedacht, dass ihr Analsex so gut gefallen würde? Wer hätte gedacht, dass es ihr so wenig ausmacht, wenn Erika es ihr besorgen würde? War sie etwa bisexuell? Sie hatte sich noch nie so richtig mit der Frage beschäftigt. Aber allen Anschein nach hatte sie zumindest keine Probleme damit, sich Erika sexuell anzuvertrauen. Und das Vertrauen hatte sich gelohnt! Erika meinte, sie wäre wie dafür geschaffen. Sie zeigte ihr den Buttplug, den sie benutzt hatte und er schien ihr danach unglaublich groß. Sie brachte ihr auch noch bei, wie die Sextoys zu säubern wären und meinte dann, dass sie sich für ihre Camshow bereit machen musste.

Jetzt lag Yuki auf ihrem Bett, wie so oft in ihren Gedanken verloren. Morgen ist Freitag, dachte sie. Und sie konnte es kaum erwarten, nach den ganzen Übungen richtigen Analsex mit jemanden zu haben.

***

Als die Kundschaft am Freitag Abend kam und sie bemüht war, sie so gut zu bedienen, wie sie nur konnte, beschäftigte sie eine Frage: Wie oft würde sie das noch erleben? Wie oft würde sich dieses Restaurant so sehr füllen, dass sie alleine fast überfordert war und auch Ryu nicht mehr nachkam mit dem Kochen? Sie fürchtete, dass es in einer Woche bergab gehen würde. Und dass sie irgendwann den letzten Kunden verabschieden würde. Dass das Restaurant ihrer Eltern schließen müsste und es eine unendliche Enttäuschung für sie sein würde.

Da entdeckte sie unter ihren Kunden ein bekanntes Gesicht: Reinhardt! Sein warmes Lächeln spendete ihr auf einmal Mut. Sie reichte ihm, wie letztes Mal, die besondere Menükarte. Er nahm sie dankend entgegen und entschied sich für zwei Speisen. Und natürlich für die Menünummer 69!

***

Als die letzten Gäste das Restaurant verlassen hatte, wies sie Ryu an, alles vorzubereiten. Da er Bescheid wusste, musste er mit Handanlegen: Die Rollläden herunterlassen, die Belichtung des Restaurants ausschalten sowie sämtliche Türen absperren. Reinhardt wartete geduldig, bis sie zu ihm kam.

„Reinhardt, diesmal hätte ich eine Bitte."

Seine Augenbrauen hoben sich. Die Augen glänzten vor Aufregung.

„Würdest du mich bitte in den Arsch nehmen?", fragte sie fast lautlos.

Allein der Vorstellung berauschte ihn. Er nickte zustimmend, wirkte aber sonst vollkommen ruhig. „Gerne", meinte er dann „aber erst, nachdem ich die anderen Löcher auch einmal hatte." Er lächelte. Sie verneigte sich leicht. „Selbstverständlich. Welches zuerst?"

Er deutete ihr mit dem Finger in die Knie zu gehen. Langsam drehte er sich zu ihr. Ohne zu reagieren kniete sie weiter vor ihm und sah ihm in die Augen, als er ihr Gesicht in seine beiden Hände nahm und sie daraufhin küsste. Er lehnte sich zurück, legte seine Hand auf ihren Hinterkopf und drückte sie in die Richtung seines Schoßes. Sie öffnete den Mund, um ihn in sich zu empfangen. Die Zurückhaltung, die er noch beim ersten Mal an den Tag gelegt hatte, war mittlerweile ganz verschwunden. Er benutzt meinen Mund wie ein Sextoy!, dachte Yuki und spürte, wie die harte Behandlung sie nass werden ließ. Am liebsten hätte sie ihr Höschen ausgezogen, damit es sich nicht vollsog, doch etwas sagte ihr, dass sie sich lieber konzentrieren sollte.

Reinhardt hielt plötzlich inne und zog sie von sich ab. Das war verdammt nahe dran, fluchte er innerlich. Fast wäre der Spaß zu früh vorbei gewesen! Er bat sie, sich auf den Tisch zu legen und die Beine zu spreizen. Als sie auf dem Rücken lag und ihm gehorchte, fragte sie sich, was er davon hätte, trug sie doch noch alle ihre Kleider. Doch er senkte sein Gesicht auf die Höhe ihres Schrittes und begann zu schnuppern. Erst zögerlich, dann sehr intensiv. Sie musste kichern und auch er lächelte. „Du riechst wunderbar, Yuki! Ich wollte das schon immer einmal bei einer Frau machen!", erklärte er und fuhr mit dem Zeigefinger über den dünnen Stoff ihres Slips. Sie wunderte sich immer noch, weshalb er ihr noch nicht befohlen hatte, sich auszuziehen. Aber der Kunde ist König, wenn es ihm so gefiel, dann sollte es so sein! Und er schien es äußerst zu genießen während er ihre Beine zurück drückte, so dass sie wie ein Frosch dort lag. Zwei seiner Finger glitten auf der Höhe ihres Venushügels unter den Stoff und schoben ihn zur Seite.

Dann begann er sie zu lecken. Seine Zunge eroberte sie und drang ein. Er wollte sie möglichst viel kosten! Tagelang hatte er davon fantasiert und nun konnte er sich keinen Moment mehr zurückhalten. Seine Gier kannte keine Grenzen als er immer wieder über ihre empfindlichsten Orte schnellte. Sie durchzuckte gerade ein Orgasmus, als er sich für das Finale bereit machen wollte: Er hob sie vom Tisch auf, ließ sie auf dem Boden knien und nahm sie wieder in den Mund. Darauf drehte er sie an den Schulter um, legte ihren Oberkörper über den Tisch. Zum Glück hatte der Orgasmus ihr geholfen, sich zu entspannen, denn er drang schneller ein, als sie es mit Erika geübt hatte. Doch er war auch größer als die Toys gewesen! Sie stöhnte auf. Zuerst war da viel Schmerz und wenig

Lust. Erika hatte sie davor gewarnt: Egal wie sehr man sich vorbereitete, Schmerz war vor allem an Anfang immer dabei. Sie musste sich entspannen, daran führte ein Weg vorbei. Sie streichelte sich und die Lust kam wieder, verdrängte die Schmerzen, den Zweifel und die düsteren Zukunftsängste. Anstelle dessen trat maßlose Geilheit, die fast die von Reinhardt in den Schatten stellte. Sie kam schneller als gewohnt. Ihr wurde kurz schwarz vor Augen. Sie lächelte geistesabwesend, als Reinhard plötzlich den Gipfel erreichte.

Er machte sich gerade zurecht, als er sich noch einmal zu ihr umdrehte.

„Was macht ihr eigentlich jetzt, wo diese neue Konkurrenz aufgetaucht ist?", fragte er. Sie schüttelte den Kopf, denn sie wusste nicht so richtig, welche Antwort sie geben sollte.

Er seufzte. „Wenn du willst, kann ich euch helfen. Ich arbeite bei einer Business-Consulting-Firma. Ich glaube, ein Restaurant mit euren…" Er überlegte, fuhr dann fort: „…Vorzügen kann sich auch gegen eine solche Konkurrenz behaupten." Yuki blickte ihn voller Hoffnung an. Er hielt ihr eine Visitenkarte hin: „Schick mir eine Mail, wenn du so weit bist. Und mach dir keine Gedanken ums Geld, ich weiß ja, was ich mir hier so leisten kann." Er lächelte und zwinkerte sie an, ehe er das Restaurant verließ. Yuki hielt seine Karte in beiden Händen und musterte sie genau.

Ist dies ein Teil des Puzzles, das dem Restaurant beim Überleben hilft?

Fortsetzung folgt...

Leseprobe

Das versaute WM-Finale

Olga hatte das Apartment blitzblank geputzt und sämtliche Einkäufe erledigt. Zufrieden sah sie auf die Uhr: es war erst drei, bis das Finale begann blieb also noch reichlich Zeit. Wer hätte gedacht, dass ausgerechnet diese beiden Mannschaften so weit kommen würden? In den vergangenen Wochen waren sie und Brad regelmäßig bei Freunden gewesen, um dort die Spiele anzuschauen. Ihre Beziehung war noch frisch, also war es die perfekte Gelegenheit, ihre Freunde kennenzulernen. Manchmal fragte sich Olga, ob sie dorthin gingen, um das Spiel zu sehen oder um es ums Saufen, Grölen und Plaudern ging. Ihr war es egal, Hauptsache, jeder amüsierte sich.

Zum Glück begeisterte sie sich auch für Fußball. Das war noch lange nicht bei allen Frauen in ihrem Freundeskreis so. Linda zum Beispiel langweilte sich immer zutiefst und versuchte, irgendwelche Gespräche anzufangen. Olga seufzte und schüttelte den Kopf. Da war es immer besonders schwierig den gesellschaftlichen Spagat zu schaffen. Jamilia war da schon etwas anders, mit ihr ging immer die Begeisterung durch und sie grölte fast genau so, wie ihr Freund Roland. Sie waren ein süßes Paar, dachte Olga, als sie einige Flaschen Bier in den Kühlschrank stellte. Sie fluchte innerlich, denn sie hatte beim Stein, Schere, Papier-Spielen verloren, sonst wäre das hier alles Brads Aufgabe! Aber immerhin sollte ihr Freund kochen. Was vielleicht ein zu hochgestecktes Wort war für: Kühlschrank auf, Pizza raus, Ofen auf, Pizza rein. Aber was soll's?

***

Es klingelte und sie schreckte hoch. Es war doch noch viel zu früh! Sie öffnete die Tür des Appartements und vor ihr stand eine schöne, große afrikanische Frau mit edler dunkler Haut und auffallend rot gefärbten Lippen. Ihre gelockten Haare glitten ihr über die Schultern und reichten bis zu ihren Ellenbogen. Die braunen Augen leuchteten hell und sie hatte ein lockeres Grinsen aufgelegt.

„Jamilia?", brachte Olga noch hervor, ehe ihre Freundin ihr um die Schultern fiel.

„Ach Olga, wir dachten wir überraschen dich!", lachte sie, trat zurück und griff ihr sanft an die Schultern. „Ich hoffe, das ist in Ordnung?", fragte sie mit erhobenen Augenbrauen. Ihr jugendliches, reines Gesicht und das charmante Lächeln ließen jeden Widerstand sofort dahinschmelzen. Sie trug ihre Haare etwas wilder als sonst, aber die schwarzen Locken umrahmten ihr Gesicht perfekt. Das weiße T-Shirt und der kurze Rock betonten ihre pralle Formen so sehr, dass Olga nicht wegschauen konnte. Ihre spitzen Nippel drückten leicht gegen den dünnen Stoff des T-Shirts.

Hinter ihr hob Roland einen Six-Pack Bier hoch. Er war einen ganzen Kopf kleiner als Jamilia, doch sein muskulöser Oberkörper und anziehendes Lächeln verliehen ihm einen eigenen Charme. Genau so, wie die viel zu engen Jeans, fügte Olga in Gedanken hinzu und ihr Blick blieb einen Moment zu lange an seinem Schritt hängen. Sie musste sich auf seine dunklen Augen und kurzen, schwarzen Haare konzentrieren, auf sein verschmitztes Lächeln, auf…

Nein, lass das lieber, mahnte sie sich.

„Klar!", sagte sie und öffnete die Tür noch weiter. „Immer hinein in die gute Stube!"

***

Der riesige Bildschirm des Fernsehers war zwar noch ausgeschaltet, aber immerhin war die Sitzecke mit ihrem Couchensemble in weißem Leder, den Stühlen und dem gläsernen Tisch in Kniehöhe schon hergerichtet. Olga war leider noch nicht dazu gekommen, in ihr Party-Kleid zu schlüpfen und wollte das so schnell wie möglich nachholen. Doch zuerst musste sie sich um die Gäste kümmern.

„Bier?", fragte sie laut, als sich Jamilia und Roland es sich auf der weißen Couch bequem machten.

„Ja", antwortete Roland, während er sich auf die Suche nach der Fernbedienung machte.

Jamilia drehte sich zur Küchenecke und grübelte. „Hast du nicht noch etwas vom Wodka, den du bei deiner Heimreise mitgebracht hast?", fragte sie.

„Den vom letzte Mal? Klar!" Olga öffnete den Kühlschrank und fand gleich zwei Flaschen des Wodkas. Sie waren schön kühl, also nahm sie zwei Shotgläser raus und füllte sie. Jamilia war zu ihr in die Küchenecke gekommen. Sie schnappte sich ein Glas, hob es um zuzuprosten und -zack!- war es runter geschluckt. Sie genoss es und ihre Zunge fuhr über ihre Lippen, um die Reste des köstlichen Alkohols ebenfalls zu kosten. Olga konnte nicht anders, als sie dabei zu bestaunen und hob ebenfalls ihr Glas an. Was für eine Frau!, dachte sie. Roland konnte sich echt glücklich schätzen… Zu gerne würde sie es ihr sagen, doch sie wüsste nicht, wie ihr Freund darauf reagieren würde. Also schwieg sie und sah ihrer Freundin in die Augen. Jamilia lächelte.

„Noch ein Glas?", fragte sie im Flüsterton.

„Soll ich dir nicht lieber einen Cocktail mixen?"

Ihre Freundin zuckte mit den Schultern, was kurz ihre Brüste etwas zusammendrückte. „Mach dir nicht zu viel Mühe. Einfach Wodka mit Cola?", fragte sie.

Olga lachte laut. „Du hast echt keinen Geschmack, Jamilia."

„Hauptsache, man hat Freude dran", antwortete Jamilia mit ernstem Gesichtsausdruck.

„Ich habe Ginger Ale und Limettensaft zur Hand. Ein Moscow Mule, vielleicht?"

Jamilia kicherte. „Was hat denn ein Esel damit zu tun?"

Olga musste zugeben, dass sie es selbst nicht wusste, doch sie machte sich gleich an die Vorbereitung. Ihre Freundin blieb bei ihr stehen und lehnte sich an die Kante der Arbeitsfläche.

„Wie läuft es denn so?", fragte Olga, als Roland endlich die Fernbedienung fand und den Fernseher anschaltete.

Sie strich sich über ihre Oberarme. „Schwer zu sagen. Irgendwie fehlt mir noch das Feuer. Ich weiß nicht so ganz, wie er tickt und das macht es langweilig." Sie machte eine Pause und beobachtete Olgas flinke Finger bei der Arbeit. „So sollte es nicht am Anfang sein, oder?", fragte sie.

„Vielleicht musst du mehr in die Offensive gehen?", meinte Olga und reichte ihr den fertigen Cocktail.

Jamilia lächelte, während sie daran nippte. „Mhhh!", stöhnte sie, was Olga freute.

„So, wenn ihr beiden mich entschuldigt, ich schlüpfe dann mal in etwas Passenderes", kündigte sie laut an und machte sich davon. Jamilias Augen folgten ihr, bis sie zur Tür hinaus verschwand.

***

Ihre Gäste hatten ihr einen schönen Strich durch die Rechnung gemacht, als sie schon so früh aufgetaucht waren. Olga hatte vorgehabt, ein langes, kühles Bad zu nehmen, aber jetzt musste sie sich mit einer kalten Dusche zufrieden geben. Eigentlich hätte sie sauer sein müssen, aber sie war froh, etwas mehr Zeit mit Jamilia verbringen zu können. Sie waren schon so lange Freundinnen gewesen, doch in den letzten Monaten hatte sich etwas an Olga verändert. Oder hatte sich etwas zwischen ihnen getan?

Sie schüttelte energisch den Kopf. Nein, das bildete sie sich bestimmt bloß ein. Sie zog sich hastig aus und trat in gläserne Duschkabine. Das kühle Wasser ergoss sich über sie. Kaum etwas genoss sie so sehr, wie eine gute Dusche! Zwar wäre ihr ein Bad immer noch lieber gewesen, aber man konnte es nicht ändern. Man musste eben die Gelegenheiten am Schopf packen, hatte ihre Freundin Linda einmal zu ihr gesagt. Während sie sich einseifte, und ihre Brüste berührte, musste sie an Jamilia und Roland denken. Sie waren ein attraktives Paar, musste sie zugeben. Ja, richtig heiß sogar! Sie fragte sich, ob sie und Brad auch so gut herüber kamen. Im Freundeskreis waren sie beliebt, aber sie wusste auch, wie sehr die Typen Jamilia angafften. Da konnte sie mit ihren kleinen Brüsten kaum mithalten, auch wenn kleine Blondinen begehrt waren. Jamilia war ein ganz anderes Kaliber, dachte Olga und bemerkte überrascht, dass ihre Nippel steif wurden. Sie hatte, ohne es zu beabsichtigen, begonnen, sich intensiv zu streicheln.

Als die Tür sich plötzlich öffnete, fuhr sie zusammen. Jamilia lugte hinein und drehte sich zu ihr. Sie hob erstaunt die Augenbrauen.

„Oh, ähm, ich wollte nur kurz fragen, ob du Appetithäppchen hast. Chips, oder so?", fragte sie. Olga war erstarrt, eine ihrer Hände hielt immer noch ihre Brust fest, als wolle sie diese weiter kneten. Jamilia bemühte sich, nicht ihre nackten Körper mit ihren Augen zu durchbohren, was ihr fast gelang. Fast. Sie trat ganz ins Badezimmer ein und schloss die Tür hinter sich.

„Alles in Ordnung, Olga?", fragte sie. Jamilia zog den Namen ihrer Freundin etwas in die Länge, weshalb Olga glaubte, dass sie schon etwas vom Moscow Mule gekostet hatte. Der Gedanke löste ihre Starre und sie drehte Jamilia den Rücken zu.

„Ja, im Schrank neben dem Kühlschrank findest du Chips!", sagte sie und blickte über ihre Schulter hinter sich.

Jamilia grinste hämisch. „Danke, Süße!", sagte sie und verschwand wieder.

Süße? So hat sie mich noch nie genannt!, dachte Olga.

Ihr Herz pochte wie wild!

Nachwort

Wie immer danke ich meinen Lesern und Fans, dass sie mich so großartig unterstützen! Ich hoffe, euch haben diese Geschichten gut gefallen. Wer mich weiter unterstützen möchte, kann eine Bewertung hinterlassen.

Eure Jayne C. Marsters

Ebenfalls erhältlich

Aus der Reihe *Die perfekte Bedienung*:

Kostprobe für Yuki (Die perfekte Bedienung, Band 1):
ISBN 9783752860610

Das scharfe Dessert (Die perfekte Bedienung, Band 2):
ISBN 9783752878622

Nachschlag für vier (Die perfekte Bedienung, Band 3):
ISBN 9783752803334

Yukis Einführung (Die perfekte Bedienung, Band 4)
ISBN 9783752842432

Novellen

Ein versautes WM-Finale
ISBN 9783752803372

Kurzgeschichten

Sanft und fest

ISBN 9783752822694